Laura Esquivel

A LUPITA LE GUSTABA PLANCHAR

Laura Esquivel es maestra, guionista de cine y escritora. Con su primera novela, el bestseller mundial *Como agua para chocolate*, alcanzó reconocimiento internacional y se convirtió en una de las escritoras mexicanas más importantes de su generación. Vendió más de cuatro millones de ejemplares, y ha sido traducido a treinta y cinco idiomas. Esquivel fue la primera autora extranjera en recibir el premio al libro del año de la asociación American Booksellers. Ha publicado además otras novelas como *Malinche*, *Tan veloz como el deseo*, *La ley del amor*, *Íntimas suculencias*, *El libro de las emociones* y *Estrellita marinera*. Vive en la Ciudad de México.

4/17   **DATE DUE**

JUL 0 7 2017

OCT 1 8 2017

A LUPITA LE GUSTABA PLANCHAR

LAURA ESQUIVEL

A LUPITA LE GUSTABA PLANCHAR

Vintage Español
Una división de Penguin Random House LLC
Nueva York

A la Guadalupe

A LUPITA LE GUSTABA PLANCHAR

A Lupita le gustaba planchar.

Podía pasar largas horas dedicada a esta actividad sin dar muestras de agotamiento. Planchar le daba paz. Consideraba esa actividad como su mejor terapia y recurría a ella diariamente, incluso después de un largo día de trabajo. La pasión por el planchado era una práctica que había heredado de doña Trini, su madre, quien lavó y planchó ajeno toda su vida. Lupita seguía al pie de la letra el ritual aprendido de su sacrosanta que daba inicio con el correcto rociado de la ropa. Las modernas planchas de vapor no requerían que la ropa estuviera humedecida previamente pero para Lupita no existía otra manera de planchar y evitar el rociado representaba un sacrilegio.

Ese día, al entrar a su casa, de inmediato se dirigió a la masa de planchado y comenzó a rociar las prendas. Sus manos temblaban como las de una teporocha en cruda, lo cual facilitó su trabajo. Le urgía pensar en otra cosa que no fuera el asesinato del licenciado Arturo Larreaga, jefe delegacional de su distrito, el cual ella había presenciado a corta distancia hacía sólo unas horas.

En cuanto dejó rociada la ropa, se dirigió al baño. Abrió la regadera y dejó correr el agua fría dentro de una cubeta a la cual le puso abundante detergente. Antes de meterse a la regadera abrió una bolsa de plástico y se asqueó del olor que despedían los pantalones orinados que venían aprisionados en su interior. Los puso a remojar dentro de la cubeta y se dio un regaderazo. El agua la despojó del molesto olor a orines que su cuerpo despedía pero no pudo quitarle la vergüenza que traía incrustada en el alma. ¿Qué habrán pensado de ella todos los que se enteraron de que se orinó? ¿Cómo la iban a ver de ahí en adelante? ¿Cómo hacerlos olvidar la patética imagen de una policía gorda parada en medio de la escena del crimen con los pantalones escurridos? Ella, en su calidad de criticona empedernida, sabía mejor que nadie el poder de una imagen. Lo que más la angustiaba era pensar en Inocencio, el nuevo chofer del delegado. La última semana se había empeñado tanto en hacerse notar por él. ¡Y todo para qué! Sabía que de ahora en adelante cada vez que Inocencio la saludara, la iba a recordar con los pantalones mojados. Vaya forma de llamar su atención. Aunque tenía que reconocer que Inocencio se había portado especialmente delicado con ella. Recordó que mientras esperaba rendir su declaración, ella se había alejado de todos los demás para que su olor no los molestara. De pronto vio que Inocencio se le acercaba y entró en pánico. Lo último que quería en la vida era que la oliera. Inocencio llevaba en el brazo un pantalón de casimir que guardaba en el interior de la cajuela del automóvil. Lo acababa de sacar de la tintorería y amablemente se lo ofreció a Lupita para que se cambiara. No sólo eso, le prestó su pañuelo para que secara sus lágrimas. Ella nunca olvidaría ese acto de ternura en toda su vida. Nunca. Pero en ese momento prefería no pensar en ello porque ya no podía manejar la cantidad de emociones que llevaba experimentando desde la mañana. Estaba tan agotada que le urgía planchar. Secó su cuerpo con vigor, se puso el camisón y corrió a encender la plancha.

Planchar le aquietaba el pensamiento, le devolvía el sano juicio, como si el quitar arrugas fuera su manera de arreglar el mundo, de ejercer su autoridad. Para ella, desarrugar era una suerte de aniquilamiento mediante el cual la arruga moría para dar paso al orden, cosa que ese día requería más que nunca. Necesitaba llenar sus ojos de blanco, de limpieza, de pureza y con ello confirmar que todo estaba bajo control, que no había cabos sueltos, que en la esquina de Aldama con Ayuntamiento, justo frente al Jardín Cuihtláhuac, no había manchas de sangre.

Ésos eran los deseos de Lupita, pero en vez de ello, las blancas sábanas se convirtieron en pequeñas pantallas de cine sobre las cuales se empezaron a proyectar escenas de lo sucedido esa tarde.

Lupita se vio a sí misma cruzando la calle ubicada frente al Jardín Cuihtláhuac en dirección al automóvil del delegado. Inocencio, el chofer del licenciado Larreaga, le estaba abriendo la puerta. El licenciado venía hablando por teléfono. Lupita se cruzó con un hombre que levantó el brazo para saludar al delegado. El delegado se llevó la mano al cuello que comenzó a sangrar abundantemente. Lupita no recordaba haber escuchado ningún balazo. A partir de ese momento todo fue confusión. Ella gritó y trató de auxiliar al delegado. Era un verdadero misterio lo que había sucedido ante sus propios ojos. Nadie disparó en contra del delegado. No hubo ninguna explosión. Tampoco encontraron evidencia de que alguien hubiera sacado una navaja, sin embargo la herida en la yugular que provocó que el licenciado Larreaga muriera desangrado fue ocasionada por un objeto punzocortante. En fin. Por más que Lupita se empeñaba en entender lo que había sucedido más dudas le surgían. Mientras más esfuerzo ponía en olvidar la mirada de sorpresa que había puesto el licenciado Larreaga antes de recibir la herida que le arrebataría la vida, con más fuerza la revivía y el recuerdo le provocaba náusea, temblor, angustia, molestia, rabia, indignación... miedo. Un miedo enorme. Lupita conocía el miedo. Lo había experimentado miles de veces. Lo olía, lo percibía, lo adivinaba ya fuera en ella o en los otros. Cual perro callejero lo detectaba a metros de distancia. Por la forma de caminar, sabía quién temía ser violada o robada. Quién temía ser discriminado. Quién le temía a la vejez. Quién a la pobreza. Quién al secuestro. Pero no había nada más transparente para ella que el miedo a no ser amado. A pasar desapercibido. A ser ignorado. Ése precisamente era su miedo mayor y ahora lo sentía en carne viva a pesar de haber acaparado por horas la atención pública. A pesar de que todos la habían interrogado. A pesar de que había salido en todos los noticieros como la testigo principal de un asesinato, que no era tal. A pesar de que su palabra era la que podía llevar a la policía a la captura del culpable que no aparecía. La habían presionado tanto para que diera su versión de los hechos que se había visto forzada a declarar lo que fuera con tal de no parecer una estúpida que no había visto nada ni escuchado nada y todo esto le generaba un miedo creciente de hacer un ridículo mayor.

Incluso escuchó que un reportero de Televisa, refiriéndose a que ella se había orinado, dijo: "eso pasa por poner a las 'chachas' de policías". ¿Qué se creía el muy imbécil? Lo peor es que su comentario le dolía. La lastimaba. La arrinconaba en su condición de ciudadana de tercera. La colocaba dentro del grupo de los que nunca serán queridos ni admirados aunque estén en el centro del huracán. Su pronta actuación para auxiliar al delegado no le pudo evitar ser motivo de escarnio por el hecho de haberse orinado en los pantalones. Lo que más la molestaba era recordar la mirada de burla del Ministerio Público cuando le tomó su declaración y ella mencionó que le parecía importante la desaparición de una arruga del cuello de la camisa del delegado. Lupita sentía que no se había dado a entender bien. Que no pudo explicar la importancia de la mentada arruga, que estaba presente en la camisa que el delegado traía por la mañana y que repentinamente desapareció en la que portaba al momento del asesinato. Y mucho menos que, a su ver, eso dejaba abierta una línea de investigación.

Sentir que había hecho el ridículo la consumía por dentro. Sentía un fuego interno encenderle el rostro. Era tal su malestar que no podía estar en paz ni después de haber planchado dos horas seguidas. Su mente iba de un lado a otro, lo mismo que la plancha. Lupita no se daba cuenta pero a diferencia de otras ocasiones, su planchado era brusco y torpe. Deslizaba la plancha sobre la tela de manera descontrolada, provocando que la tela se arrugara, lo que la obligaba a rociar nuevamente la prenda para quitar las marcas. El vapor que la ropa despedía la molestaba, le acrecentaba la sensación de calor que tenía dentro del cuerpo. A la altura del esternón es donde se la había acumulado una cantidad enorme de vergüenza que giraba alocadamente. No podía describir lo que sentía, era parecido a un ataque de gastritis o al ardor que el reflujo ocasionaba en el esófago. Era una especie de fuego destructor que la impulsaba a querer salir de su cuerpo, a alejarse, a huir de ella misma antes de ser destruida por las llamas. Sentía el corazón desbocado por la taquicardia. Las manos se le empezaron a dormir. Por un lado deseaba no estar en el mundo, no ser ella, pero al mismo tiempo le daba un miedo enorme morirse. La respiración le faltaba. Presentía que podía perder de un momento a otro el control sobre su mente y se iba a volver totalmente loca. Apagó la plancha y la dejó de lado. Le urgía aliviar un poco el dolor que sentía o iba a estallar de pura angustia.

Para colmo su padrino de Alcohólicos Anónimos no respondía el teléfono. Ya le había dejado varios mensajes y nada. Tal vez aprovechando el día festivo se había ido de puente. Tenía una lista de compañeros a los cuales podía acudir para pedir ayuda pero no encontró a ninguno. ¡Pinches días de descanso!, ¡pinche país!, ¡pinches comentaristas televisivos!, ¡pinches políticos corruptos!, ¡a lo que habían llegado con tal de que el Delegado no se atravesara en sus planes!, ¡pinches matones!, ¡pinches narcos! Y ¡pinches drogadictos gringos! Si no fuera porque consumen la mayor parte de la droga que se produce en el mundo no habría tantos cárteles. ¡Pinches narcogobiernos! Si no necesitaran tanto el dinero ilegal que les dejan las drogas no habría tanta muerte. ¡Pinches legisladores culeros, si tuvieran los güevos de legalizar la compraventa de estupefacientes no habría tanto crimen organizado! ¡ni tanta pinche ambición por el dinero fácil! ¡ni tanto desorden, carajo! ¡y pinche Dios que sabe por qué andaba tan distraído! Lupita siguió maldiciendo hasta que no le faltó nadie en la lista, incluida ella misma. Esto se debía a que en algún momento de su vida Lupita hasta había llegado a proteger a narcomenudistas con tal de asegurar su abasto de drogas.

Por un momento estuvo a punto de ir a comprar una botella de tequila pero la memoria de su hijo muerto la contuvo. Había jurado frente a su cadáver que nunca más iba a beber y no quería romper su promesa. Trató de recordar el rostro de su hijo y no pudo. Se le borraba. Parecía evadirla. Trató de recordar su risa infantil con los mismos resultados. Era como si no la tuviera registrada en la memoria. Su memoria funcionaba de manera extraña. Quién sabe a quién obedecía pero no a Lupita. Es más, era la mejor arma que tenía para lastimarse ella misma. Sólo recordaba aquello que le dolía, que la torturaba, que la hacía sentirse la peor de todas las mujeres y madres del mundo. No podía recordar eventos alegres y luminosos sin relacionarlos con otros totalmente dolorosos y devastadores. Después de un gran esfuerzo pudo recordar el color de los ojos de su hijo y vino a su mente la inocente mirada del niño y el gesto de sorpresa que puso mientras ella, en estado alcoholizado, le propinaba el golpe que lo hizo perder la vida accidentalmente y se dobló de dolor.

Un golpe de culpa la azotó, la tiró al piso y la obligó a llorar como animal herido.

Esa noche, por primera vez en su vida, Lupita dejó ropa sin planchar sobre la mesa.

A LUPITA LE GUSTABA CHUPAR

A Lupita le gustaba chupar.

¡Uta! Y de qué manera. Hasta perderse por completo. Digamos que lo que más le gustaba de la bebida era no estar en ella. Evadirse, desconectarse, escaparse, liberarse. El alcohol le ofrecía una buena manera de dejar de ser ella sin necesidad de morir y por medio de su ingestión no sólo se diluía su doliente "yo" sino que el mundo entero desaparecía ante su vista y dejaba de provocarle sufrimiento, en otras palabras, el alcohol la anestesiaba por completo. De niña, le bastaba la observación de los movimientos de alguna araña o de alguna hormiga para dejar de pensar en sus problemas, pero conforme fue creciendo fue requiriendo algo más poderoso que la simple contemplación. ¿Que cómo eligió el alcohol? No lo recordaba. Su contacto con el alcohol comenzó en edad temprana. El alcohol fue la presencia más constante en su entorno social y familiar. No había fiesta o celebración donde el alcohol no estuviera presente. El día en que se puso su primera borrachera, sólo vio los beneficios que el alcohol ofrecía. Tal vez le atrajo el cambio de personalidad que su padrastro experimentaba cuando llegaba a casa tomado. Por lo general era un hombre taciturno, reservado, de mirada dura, pero cuando se emborrachaba se volvía un hombre parlanchín, alegre, incluso simpático, que no podía evitar que se le escapara una chispa de picardía de los ojos.

Esos días le gustaba estar cerca de él pues por lo general su padrastro la ignoraba soberanamente y sólo se dirigía a ella por medio de monosílabos que más parecían gruñidos que otra cosa. En cambio, cuando estaba borracho le acariciaba la cabeza, le hacía bromas y podían reír juntos, cosa que disfrutaba enormemente. En esos días ella amaba el alcohol. Es más, cuando llegaba su padrastro del trabajo, Lupita le procuraba una chela para que la tarde fuera alegre. La percepción que tenía del alcohol cambió drásticamente el día en que su padrastro, completamente borracho, la violó. Ese día odió el alcohol. Odió el olor que el cuerpo de su padrastro despedía, odió la capacidad destructora que el alcohol tenía. A partir de ese día su relación con la bebida fluctuó entre el amor y el odio.

La violación la convirtió en una niña reservada, huraña, malhumorada a la que no le gustaba que la tocaran, que la besaran, que la acariciaran. Dejó de bailar, de cantar, de gozar. Se aisló completamente hasta el día en que en una posada de la vecindad vio entrar por la puerta principal a Manolo, un vecino que le encantaba. En ese instante deseó con toda el alma ser otra persona, transformarse en una adolescente simpática, atrevida y sensual que fuera la reina de la noche y que con su poder de seducción pudiera atraer al amor de su vida. Recurrió a la bebida como instrumento del cambio. Estaba tan cansada de ser la niña triste de la colonia, que sin pensarlo mucho se tomó una cuba y luego otra y luego otra. Celia, su mejor amiga, le aconsejó que se controlara. Afortunadamente Lupita la obedeció y suspendió la ingestión del alcohol justo a tiempo. Nunca llegó a emborracharse totalmente, a lo más que llegó fue a alcanzar un adecuando estado de exaltación que le permitió lograr su objetivo: Lupita, indiscutiblemente, fue la atracción de la fiesta. Sonrió, bromeó y bailó como loca. Todos se sorprendieron, ya que Lupita no siempre se animaba a bailar en público porque le daba un temor inaudito que la vieran, que la juzgaran, que en determinado momento sus pies equivocaran el paso y la pusieran en evidencia. No soportaba la idea de ser la burla de sus compañeros. Pero esa noche, Manolo la sacó a bailar y Lupita se dejó guiar. Fueron la pareja de la fiesta y por muchos días los vecinos no comentaron otra cosa aparte de que Lupita estaba muy "buena" y bailaba muy bien.

En la mente de Lupita, el alcohol se convirtió en su mejor aliado, en su pasaporte a la libertad. Mediante él podía acceder a un mundo donde no existía el miedo. El miedo a ser vista, tocada, a ser violada nuevamente.

Lupita y Manolo se hicieron novios durante la posada y fue bajo el influjo del alcohol que Lupita recibió su primer beso, sus primeras caricias y experimentó sus primeras humedades vaginales. A partir de ese día recurrió al alcohol cada vez que necesitaba darse valor. Sentía que sólo con tres copas encima podía ser ella misma, o sea, la más alegre y sensual, ¡la número uno!, sin que importara en absoluto que habitara dentro de un cuerpo regordete y de baja estatura.

La noche en que cumplió quince años, su mamá le organizó una fiesta inolvidable. Doña Trini ahorró por muchos años para que el evento fuera el que su hija soñaba.

Alquiló un salón y le compró a Lupita un vestido lleno de tules que la hacían verse más gorda de lo que era. Cuando Lupita vio su vestido, de inmediato se dio cuenta de que no tendría el valor de presentarse ante todos sus parientes y amigos sin media botella de tequila de por medio. Antes del vals se encerró en el baño y se empinó la botella.

Lupita recordaba haber hecho su aparición triunfal frente a todos los invitados y nada más. No recordaba nada más. A la fecha no podía recordar el mínimo detalle del baile. Nunca supo si se habían equivocado sus damas o si Manolo, su chambelán, la había pisado o no. Tenía la mente en blanco. Su mamá le comentó que cuando había bailado con su padrastro hasta había dejado escapar unas lágrimas que su madre atribuyó a la felicidad del momento pero Lupita sabía que de seguro se debieron al asco y la vergüenza de sentirse en los brazos de su alcohólico padrastro.

El único recuerdo que le quedó de ese día se instaló en su mente meses después, cuando recibió por boca de su doctora la noticia de que estaba embarazada. Ahí fue cuando supo lo que el uso indiscriminado del alcohol era capaz de ocasionar. Ahí fue cuando todo se salió de control. Ahí fue cuando su vida dio un giro determinante. Sin embargo y a pesar de que Lupita estaba al tanto de la forma en que la bebida había destruido su vida y acabado con sus relaciones familiares y amorosas, seguía añorando las pedas que se ponía.

Le urgía un trago. Bueno, no, muchos tragos. No le importaban las consecuencias, ni la cruda que le pudieran ocasionar. En ese momento daría lo que fuera por beber hasta morir. O al menos hasta que esa noche infernal terminara.

A LUPITA LE GUSTABA LAVAR

A Lupita le gustaba lavar.

Le encantaba meter sus manos al agua y repetir su oración personal preferida: "Sólo por hoy. Sólo por hoy preferiré el agua al alcohol. Sólo por hoy dejaré que el agua me limpie, que el agua me purifique". A Lupita le gustaba vivir en sobriedad pero le angustiaba saber que, en su calidad de peda, había hecho muchas cosas de las que no tenía registro pero que le ocasionaban una culpa mucho mayor que si las recordara. No le deseaba a nadie tener lagunas mentales. Haber despertado en un hotel, desnuda, violada, golpeada o en medio de la calle despojada de sus pertenencias. Uno de los pasos en el programa de Alcohólicos Anónimos consistía en pedir una disculpa y tratar de reparar el daño cometido. Lupita ya lo había cumplido hasta donde podía, o sea, hasta donde se acordaba, pero ¿qué hacer en caso de no tener la mínima idea de lo que había hecho, de a quién había golpeado o insultado? Ya ni hablar del caso de haber robado, asaltado o acuchillado a otra persona. Sin embargo después de una sesión en el lavadero sentía que la suciedad de su ropa se había ido por la coladera en compañía de sus enormes culpas. El lavadero era el lugar en donde admitía sus pecados conscientes e inconscientes y luego los soltaba, los dejaba ir por la cañería. Sin saber bien a bien por qué, sentía que en el agua habitaba una presencia sagrada y que en su reflejo podía encontrar una imagen pura y limpia de ella misma.

Con esa intención en mente, Lupita se inclinaba ese día ante esa presencia invisible implorando claridad. No quería recaer en la bebida. Quería elegir al agua como su patrona, como su protectora, como su ama y señora.

❧ TLAZOLTÉOTL ❧

Tlazoltéotl era una diosa azteca que los españoles clasificaron como la comedora de inmundicias, pero los nuevos estudios referentes a su simbología dentro del mundo espiritual prehispánico revelan que era una deidad de la fertilidad, que estaba presente en todos los procesos de la vida, desde el nacimiento hasta la muerte, incluyendo la resurrección. En cada etapa tenía una diferente advocación y representaba un proceso diferente pero definitivamente su presencia dentro de los templos y rituales era indispensable para garantizar el sostenimiento de la vida. Durante el nacimiento, la deidad participaba como la gran purificadora. Durante la vida terrestre se le conocía como la diosa de las tejedoras, las que arropaban, las que vestían. Durante la muerte se hacía acompañar por las Cihuateteo, las mujeres muertas en el parto, para que escoltaran al sol en su recorrido por los cielos y lo ayudaran a renacer. Tenía un templo donde los hombres confesaban sus pecados, mismos que al ser perdonados se transmutaban en luz, en vida renovada. Esa era su verdadera función: transmutar todo aquello que se desecha para convertirlo en abono.

▲▲▲▲▲▲▲▲▲▲▲▲▲▲▲▲▲▲▲▲▲▲▲

En ese instante Lupita no pudo evitar pensar en si ya habrían lavado la sangre del delegado que quedó impregnada en la acera y en el recorrido que esa agua habría seguido.

Pensar en la sangre del delegado recorriendo las tuberías la hizo reflexionar sobre la sangre fría con la que la naturaleza actúa. Después de que los trabajadores de limpia terminen con su trabajo, ¡asunto acabado! El agua soluciona problemas. Diluye, limpia, purifica. Después de que laven la calle, los transeúntes no se enterarán de que ahí hubo un asesinato. El agua no tenía necesidad de ir tras los culpables. De buscarlos. De juzgarlos. De condenarlos. Ella trabajaba de otra manera y a Lupita le gustaba su forma de litigar. El sistema de justicia del lavadero era implacable y democrático. La ropa no se dejaba corromper. Con agua y jabón se podía acabar hasta con la peor suciedad sin que entraran en juego intereses mezquinos. Y después de un planchado adecuado, no quedaba rastro del desorden. Todo volvía a su lugar. La frase favorita de Lupita cuando terminaba de lavar era "a la tierra lo que es de la tierra y al sol lo que es del sol". En el caso de la sangre del delegado, se preguntaba qué parte le pertenecía a la tierra y qué parte al sol. No le quedaba claro. Su esencia viajaría en el agua y tarde o temprano se evaporaría. En ese vaporoso estado llegaría al cielo y regresaría nuevamente a la Tierra en forma de lluvia. O sea, estaría presente tanto en la memoria de la tierra como en la del cielo.

Esta reflexión inquietó el alma de Lupita. En esos momentos estaba lavando los pantalones que había dejado remojando la noche anterior. En ellos se encontraban entremezclados restos de sus orines con sangre del delegado que había manchado su ropa. Esta combinación de líquidos recorría la cañería al mismo tiempo. El agua contenía la memoria de ambos. Por un lado, el agua borraba la evidencia de lo sucedido pero al mismo tiempo transportaba la esencia tanto del delegado como de Lupita. Y Lupita de ninguna manera quería permanecer en la memoria del agua de esa forma. Quería que la tierra la tragara y la dejara en la oscuridad el tiempo suficiente como para renovarse. No quería compartir su vergüenza con nadie. Quería viajar por las tuberías sin ser notada. Acurrucarse en los brazos de la abuela en una cueva subterránea donde nadie la viera, donde pudiera estar en paz sin ser juzgada. Es fácil sacar los restos de orín y de sangre de la ropa, pero es complicado ahuyentarlos de la memoria. Ahí se habían incrustado y no había manera de eliminarlos. Lupita repetía una y otra vez "sólo por hoy", "sólo por hoy voy a dejar que el agua me purifique", pero las imágenes de lo que había presenciado no desaparecían de su mente, de su piel, de su nariz, de su pupila a pesar de que estaba tan desvelada que le costaba trabajo enfocar la vista sobre los pantalones que afanosamente tallaba sobre la piedra del fregadero de la vecindad.

Sin embargo su petición fue escuchada y el agua desvió su camino. Así como las aguas del mar responden al llamado de la luna, el agua de la cañería respondió a la petición de Lupita. Por una minúscula fuga de la tubería que conectaba a la vecindad con el drenaje profundo, el agua se salió de curso y comenzó a impregnar la tierra. Cuando la humedad fue considerable, el agua se escurrió hasta el interior de una cueva profunda en donde comenzó a caer gota a gota. En ese mismo lugar tres noches antes había tenido lugar una ceremonia muy especial.

Tres noches antes… noche de luna llena.

El rostro de Concepción Ugalde, alumbrado por la antorcha que portaba en su mano, le daba una apariencia fantasmal. Doña Concepción era una chamana respetada por el consejo de ancianos de su comunidad. Entre ellos era mejor conocida como Conchita. Era una mujer de edad indescifrable. De rostro amable y largas trenzas grises. Sus pies se deslizaban lentamente sobre las rocas de una cueva abandonada. Las blancas paredes de la misma se formaron miles de años atrás como producto del escurrimiento de ríos subterráneos que contenían una gran cantidad de carbonato de calcio. Con el tiempo, el flujo constante de agua había formado cascadas petrificadas. Conchita era acompañada por un grupo de hombres y mujeres que caminaban tras ella en completo silencio y formando una fila. Cada uno de ellos portaba una antorcha. Se internaron profundamente por uno de sus túneles hasta llegar a una cámara con forma de media luna y de gran amplitud. El lugar era sobrecogedor. Imponente. De entre las piedras blancas de su superficie brotaba agua que surtía a cuatro manantiales. Cada uno de ellos apuntaba a un punto cardinal. El agua de los manantiales descendía por un canal hacia el centro del lugar en donde se congregaban las cuatro corrientes de agua dentro de lo que parecía ser un cenote sagrado. El agua se arremolinaba y se mezclaba, desprendiendo un agradable vapor.

Una escalinata de piedra, formada por trece escalones, bajaba por uno de los costados hacia el cenote. Conchita descendió y se introdujo en las aguas. Sacó un círculo de obsidiana del interior de un pequeño morral que colgaba de su cuello y lo levantó al cielo. En ese preciso instante un rayo de luna se coló por un orificio de la cueva e iluminó la piedra que Conchita sostenía entre sus dedos. Las personas que acompañaban a Conchita comenzaron a cantar y un joven se acercó a ella y recibió la piedra. Su nombre era Tenoch. Sus negros ojos brillaban igual que la obsidiana. Tenía expansores en las orejas y un bezote en el labio inferior de su rostro, también fabricados con el mismo material volcánico. Conchita le dijo:

—Que de la oscuridad en la que nuestro pueblo ha caído surja con fuerza la luz. Que nuestros guerreros triunfen sobre las fuerzas que nos impiden ver nuestra verdadera faz, nuestro verdadero rostro en el de nuestros hermanos. Señor Quetzalcóatl, tú que purificaste la materia de tu cuerpo, que la incendiaste para convertirla en la Estrella de la Mañana, tú que confrontaste el espejo negro y te liberaste de su engañoso reflejo, ayúdanos a liberar el espíritu de nuestro pueblo para poder mirar el renacer del Quinto Sol con mirada renovada…

Lupita ignoraba completamente lo que sucedía en el interior de la tierra con el agua del fregadero. Su mente estaba en estado de confusión. No podía ni enfocar la vista correctamente. Sentía que tenía pinole en los ojos. No había podido conciliar el sueño. Definitivamente ésa fue la segunda peor noche de su vida. La primera fue cuando accidentalmente mató a su hijo. Cuando vio que el niño cayó al piso y no se levantó, Lupita dejó de lado la botella y cayó de cuclillas a su lado, tomó en sus brazos el flácido cuerpo de su hijo y se dio cuenta de que estaba muerto.

Lo sostuvo entre sus brazos firmemente y no lo soltó en toda la noche. No se movió ni un milímetro de la posición en la que se colocó ni fue capaz de retirar de su vista el rostro del niño. Sintió cómo poco a poco el cuerpo de su hijo perdía calor y adquiría rigidez, al mismo tiempo que su propio cuerpo. Y tal y como lo había practicado en su niñez, trató de evadirse del momento manteniendo su atención fija sobre un evento externo. La luz de la luna se filtraba por una ventana que quedaba justo atrás de su cabeza y Lupita se dedicó a observar atentamente cómo su sombra dibujaba una media luna sobre el rostro de su hijo. Tuvo todo el tiempo del mundo para observar cómo esa sombra se fue modificando conforme la noche avanzaba.

Primero sólo le cubría los ojos y la frente, luego amplió su espectro hasta que su sombra fue un eclipse total que bañó de negro toda la carita del niño, para luego convertirse de nuevo en un eclipse parcial. Lupita concentró sus pensamientos en los eclipses de Luna. Pensó que tal vez a Galileo —como a ella— alguna vez se le murió un hijo entre los brazos en una noche igual de triste que ésa y fue así que descubrió que sólo un cuerpo redondo que se interpone entre la luna y el sol, puede proyectar una sombra circular y que ésa era la prueba irrefutable de que la Tierra era redonda y de que giraba alrededor del Sol.

Durante toda la noche no permitió que su mente se ocupara de otro pensamiento que no fuera el trayecto de los planetas en el silencio y la oscuridad del cielo. También meditó en el hecho de que la Tierra, cuando no recibe los rayos del Sol, se enfría, y de cómo ese frío desaparece cuando el Sol sale nuevamente por el horizonte, pero esa noche, la peor de su vida, Lupita supo que su cuerpo no recuperaría el calor a la mañana siguiente ni al día siguiente ni a la semana siguiente ni al mes siguiente pues comprendió que había matado al Sol.

Le llevó mucho tiempo volver a dormir y mucho más que su cuerpo recuperara el calor perdido. Cuando la metieron a la cárcel las paredes de su celda se sentían cálidas en comparación con la frialdad de su cuerpo.

A Lupita le gustaba autocompadecerse

A Lupita le gustaba autocompadecerse.

Claro que de ninguna manera estaba consciente de ello. Su manera de pensar y de sentir encajaba a la perfección dentro de la psicología de una víctima que sufría graves problemas de autoestima. Llevaba tantos años convencida de que no valía un comino que irremediablemente se colocaba por debajo de los demás, obedeciendo así a un deseo inconsciente de sentirse poca cosa. Así creció y así había vivido siempre. Hacía tiempo que sus pensamientos ocultos y desconocidos eran los que habían tomado el mando de su existencia y se hacían presentes en los momentos críticos con la intención de hacerla recrear hasta la náusea lo que significaba poseer una vida miserable. Es más, no tenía recuerdos de haber experimentado alguna vez en su vida el mínimo atisbo de bienestar real.

"Pobre de mí", era la frase que venía a su mente de manera repetitiva y un coro de mariachis imaginarios le respondía "¡ay corazón!" Y de nuevo "pobre de mí" y el coro: "no sufras más". Letra y música correspondían a una canción que Pedro Infante hiciera famosa. Lupita se preguntaba ¿por qué una vez más la desgracia había tocado a su puerta?, ¿por qué no se había detenido unos minutos en la lonchería donde habitualmente le permitían utilizar el baño, ya fuera para descargar sus intestinos o para cambiarse la toalla sanitaria? O ¿qué habría pasado si en lugar de tomar el litro de agua que su médico le había recomendado para evitar los problemas urinarios que tanto le molestaban, se hubiera abstenido de ingerir tanto líquido? Rápidamente llegó a la conclusión de que aunque hubiera evitado mearse alguna otra cosa espantosa le hubiera sucedido. No había forma de que triunfara en algo. Todo parecía estar en su contra. ¿Qué habría pasado en su vida si su estatura en lugar de ser de 1.50 mts. fuera de 1.80? Tal vez sería policía de las que atienden a turistas en la Zona Rosa. ¿Y si en lugar de pesar setenta y tres kilos pesara cincuenta y cinco? Tal vez sería edecán en el programa televisivo de Chabelo. ¿Y si hubiera pasado el examen para cursar la preparatoria dentro del Departamento de Policía? ¿Y si su padrastro no la hubiera violado? ¿Y si su marido no le hubiera propinado tantas golpizas? ¿Qué tipo de vida tendría ahora? Otra, definitivamente otra.

Para empezar no estaría lavando la ropa casi de madrugada con tal de no darle la cara a sus vecinas que de seguro querían saber todo respecto a la extraña muerte del Jefe Delegacional.

Sin embargo, su inusitado horario de trabajo logró lo que tanto había querido evitar. A esa hora de la mañana, el chacoloteo que producía el agua mientras lavaba la ropa despertó a todo el vecindario.

Escuchó a doña Chencha, que daba clases de vocalización a vendedores ambulantes, aclarar la voz por medio de unas gárgaras antes de lo acostumbrado. Escuchó a don Simón utilizar el retrete y escuchó que la puerta de

Celia, su vecina, se abría. El rechinido de su puerta era inconfundible.

Lupita apresuró el enjuagado de sus pantalones para evitar encontrarse con ella y al hacerlo se le clavó una astilla en el dedo. El temor de enfrentarse con Celia pasó a segundo plano pues la sangre le impedía descubrir el tipo de astilla que se la había clavado en el dedo. Lupita estaba tan concentrada que ni cuenta se dio de la hora en que Celia abandonó la vecindad ni de lo rápido que regresó.

Lupita se estaba chupando el dedo lastimado, tratando de succionar de alguna manera la astilla que la atormentaba cuando Celia apareció en el patio de la vecindad con un vaso de atole de guayaba en la mano y una torta de tamal en la otra y amablemente se los ofreció. En ese momento, Lupita comenzó a llorar. Saber que lo que le había pasado el día anterior podía conmover a tal grado el corazón de Celia la estremeció. Se abrazaron y Celia también soltó el llanto como otra muestra de solidaridad con su querida amiga. ¡Ése sí que era un acto de amor! pensó Lupita, y no lo decía no tanto por el llanto de su vecina sino porque Celia, por lo general, se levantaba muy tarde y ahora no sólo se había despertado casi de madrugada sino que —a pesar de su vanidad— había sido capaz de salir a la calle sin bañarse ni peinarse adecuadamente, sólo para procurarle a Lupita su desayuno acostumbrado.

Claro que cuando Lupita observó que bajo el brazo Celia también traía el periódico de nota roja *El Metro* comprendió que la chismosa de su amiga, aparte de querer apapacharla, tenía una enorme curiosidad por saber qué es lo que la nota roja decía en referencia a la muerte del delegado. Su curiosidad debía ser infinita porque ni cuando se murió María Felix, "La Doña", había sido capaz de levantarse temprano para interrogar a Lupita, sabiendo que su vecina había sido parte del operativo de seguridad dentro del panteón y se había codeado con muchas personalidades del mundo del espectáculo.

"¿Ya vistes que salistes en la foto?". Lupita no quería saber nada. Ni ver nada, pero Celia se encargó de mostrarle la primera página. Al hacerlo, Celia se percató de que Lupita estaba manchando el periódico de sangre. Le preguntó qué le pasaba y Lupita le explicó que traía una astilla enterrada. Celia inmediatamente se ofreció a ayudarla. Tomó a su amiga de la mano y prácticamente la arrastró al interior de su departamento que era en donde tenía todo tipo de instrumental: tijeras, pinzas, lupas, limas de uñas, y todo lo necesario para hacer manicure, pedicure y depilación.

—¡Ay, mana!, se te clavó una astilla de cristal y, ¡uta!, ésas son bien difíciles de sacar…

—¿Una astilla de cristal, cómo?, ¿no es una astilla de madera? Mira, se ve negrita.

—¡Que no mana!… 'ira aquí está un pedacito… velo con la lupa.

Efectivamente, se trataba de una astilla de cristal y de seguro provenía de la escena del crimen. La mente de Lupita de inmediato la trasladó al lugar de los hechos y recordó que cuando se acercó a auxiliar al licenciado Larreaga, quien estaba tirado en el piso, recogió el celular que él había dejado caer de sus manos. Lupita lo guardó en la bolsa de su pantalón para que nadie se lo fuera a robar. Nunca faltaba algún cabrón que se aprovechaba de ese tipo de situaciones. El celular quedó totalmente estrellado. De seguro la astilla que traía clavada pertenecía a la pantalla del celular.

El dolor la hizo volver al presente. La operación que Celia le estaba practicando en el dedo era de lo más dolorosa. Sin embargo, Lupita le encontraba cierto gusto. Se podía decir que el dolor era lo suyo y Celia de alguna manera era parte de él. Habían crecido juntas y por lo mismo, su amiga había sido testigo de los momentos más devastadores que Lupita había sufrido en su vida, así que la combinación entre Celia-dolor-sangre era lo más habitual en su azarosa existencia. Todo iba junto con pegado. Bueno, habría que añadir un elemento extra que Celia traía consigo: el chisme, el rumor, la voz de la colonia. A estas alturas de la vida, Lupita sabía por experiencia propia que tenía que satisfacer la sed informativa de Celia o se exponía a que le cortara el dedo en su distracción por obtener información, así que procedió a darle su versión de los hechos, pero su narración fue interrumpida constantemente por las impertinentes preguntas de su amiga.

—¡Cuéntamelo todo!, ¿estuvo muy feo, mana?

—Sí, no sabes la cara que puso cuando lo hirieron, volteó a verme como pidiendo ayuda y…

—¿Fue ahí cuando te orinastes?

—Creo que sí, no me acuerdo… yo…

—¿Pero dime, cómo lo mataron?, ¿quién le cortó el cuello?

—Bueno, no sé…

—¡Ay mana, no me salgas con eso!, ¿no que estabas a unos cuantos metros?

—Sí… pero te juro que está todo muy raro… nadie le disparó… ni se le acercó siquiera… el único que estaba cerca era su chofer.

—¿El nuevo? ¿El que me dijistes que te encantaba?

—Sí…

—¿Y no sería él el asesino?

—¡Cómo crees!

A Lupita le hubiera encantado no haber estado presente en el lugar de los hechos. ¡Ojalá que no hubiera sido su día de servicio! No, más bien ¡ojalá que nunca hubiera nacido! o al menos que se hubiera muerto muchos años antes. Antes de ser madre. Antes de ser alcohólica. Antes de haber matado a su hijo. Antes de haber estado en la cárcel. Antes de ser testigo del fraude electoral. Antes de ver tanto pinche asesinato. Antes de ver cómo los narcotraficantes gobernaban México. Antes de que Celia le estuviera masacrando la mano con tal de sacarle la mentada astilla de cristal.

—Discúlpame mana, ¿te lastimé?

—Sí, ¿no puedes sacar la astilla sin cortarme tanto?

—Pus no, manis. Es que está reprofunda y no sale, 'ira, se corta cuando trato de sacarla.

Efectivamente, cada vez que Celia lograba jalar la punta de la astilla, el cristal se quebraba y en vez de salir se enterraba más y más.

—Pero dime, ¿es cierto que la herida del cuello pudo ser del chupacabras?

—¡Celia, por dios!

Lupita rápidamente se agotó de hablar, bueno de medio hablar porque Celia no le daba oportunidad de terminar ni una sola idea. Además sentía que no sabía nada ni entendía nada, aparte de que su vida había cambiado. La sensación de no tener el menor control sobre el mundo y las situaciones que la rodeaban le atolondraba el entendimiento. Lo único que alcanzaba a percibir es que todo lo que ella planeaba, todo aquello en lo que ponía su mejor esfuerzo, todo, estaba condenado al fracaso. No pudo evitar relacionar el gesto que hizo el delegado cuando recibió la herida mortal en su cuello con la mueca de sorpresa que hizo su hijo cuando ella lo tiró al suelo y soltó el llanto.

No sólo lloró por su hijo muerto, por ella, por el delegado, sino por todo lo que no pudo ser, lo que no pudo crecer, lo que nunca fue. Lloró incluso por todas las plantas de maíz que no nacen porque los campesinos obtienen mejores ingresos sembrando plantas de amapola. Lloró con rabia por la aprobación de una reforma energética que abría las puertas a los inversionistas extranjeros para que se apoderaran del petróleo mexicano. Lupita tomó esa aprobación como una ofensa personal. Ella había nacido el día 12 de diciembre, día en que se celebra a la Virgen de Guadalupe, y por eso llevaba su nombre. El Congreso de la Unión aprobó la reforma precisamente en ese día. Lupita consideraba todo el operativo como una gran traición a la patria, a la virgen y a su propia persona, ya que de ahí en adelante la celebración de su cumpleaños se vería empañada por este vergonzoso acto. Lupita también lloró por México en manos de los vendepatrias, de los narcos, en manos de los que asesinan para impedir que la gente como ella viva. Que gente como el delegado viva.

Lloró también por el destino de toda la delegación que ahora iba a quedar en manos nefastas. De seguro tomaría el control de la misma uno de los grupos que representaba los intereses más corruptos y mezquinos del partido político que se decía de izquierda pero que hacía tratos con las fuerzas más reaccionarias de la derecha. La muerte del delegado significaba la muerte de una nueva posibilidad. Lupita lloró y lloró por él. Por sus grandes ojos de mirada limpia.

Lupita había seguido al delegado desde que estaba en campaña. Era un hombre decente. Un hombre que en verdad quería cambiar las cosas y no lo habían dejado. No era un corrupto. Se enfrentó desde el inicio de su administración con las mafias que manejaban la delegación. Los líderes de las colonias. Los diputados. Los mayordomos. Con todos aquellos que sólo buscan beneficio personal. A los que les importa un comino México. Entre todos ellos, los peores son los que traicionan a su propia gente. Los que venden los anteojos que el gobierno les manda repartir gratuitamente entre la gente necesitada. Los que compran votos para que gane el candidato que les asegura un buen negocio particular sin importar lo que va a pasar con su colonia. Los que impiden que la gente, su gente, viva decentemente. Los que toman el control con base en la fuerza. Los que amenazan, los que matan cualquier posibilidad de un cambio. Lupita los conocía, los había visto actuar, los había escuchado en sus mítines, los había visto traicionar hasta a su madre con tal de salirse con la suya.

Ella, que creía que ya nada podía sorprenderla, estaba sorprendida. Ella, que creía que ya nada podía atemorizarla, tenía miedo. Ella, que creyó que ya no se le podía humillar más, se sentía humillada. Ella, que creía que ya nada podía lastimarla, estaba dolida en lo más profundo. Ella, que creía que marzo iba a terminar sin cobrar una sola víctima, estaba recibiendo un coletazo mortal de ese desalmado mes. En el mes de marzo siempre habían sucedido grandes desgracias en la vida de Lupita: había perdido su virginidad brutalmente, había muerto su madre, su hijo, su inocencia y… Selena, su cantante favorita. Grandes pérdidas. La voz de Celia la volvió al presente intempestivamente.

—Pues todos sospechamos del "Ostión", ya ves que un día antes se pelió con el delegado.

—¿Qué?, ¿quién te dijo eso?

—Pus me enteré por la esposa del delegado, es que ni te'platicado pero la seño Selene me habló lueguito que supo del asesinato de su marido para que le hiciera el manicure.

—¿Te llamó para pedirte que fueras a hacerle el manicure después de que se enteró de la muerte de su esposo?

—Sí mana, la verdad yo la entiendo, tenía tres uñas rotas ¡cómo crees que así iba a aparecer en las noticias! Por otro lado, sí estaba nerviosa y sacada de onda, ¡créemelo! Y pues me dijo que nos daba tiempo porque en lo que los peritos recogían las evidencias y luego lo trasladaban y luego le hacían la autopsia pus iba a pasar mucho rato.

A Lupita le gustaba agredir

A Lupita le gustaba agredir.

No siempre, sólo cuando estaba peda. Tampoco a todo el mundo, sólo a los que la menospreciaban. Le dolía tanto que la hicieran a un lado, que la ignoraran, que ante la menor ofensa ella agredía automáticamente. A una velocidad inusitada profería cuanto insulto viniera a su mente con tal de colocarse en una situación de superioridad frente a sus atacantes. Finalmente lo que buscaba obtener de ellos era una mirada de respeto en vez de una de desprecio. Cosa que hasta ahora nunca había ocurrido. Todo lo contrario. Ante el temor de enfrentarse con su lengua viperina, la gente huía de ella cuando la veían con copas.

En ese momento estaba haciendo un esfuerzo supremo por controlar su enojo. Constantemente se mordía los labios para mantenerlos cerrados. Se encontraba en un pasillo de las oficinas de la delegación. Estaba esperando ampliar su declaración. El comandante Martínez, quien tenía a cargo la investigación, la había mandado llamar pues quería corroborar unos datos con ella. Mientras esperaba ser recibida no podía dejar de criticar e insultar mentalmente a todos aquellos que le rehuían la mirada o la saludaban con una sonrisita de burla en los labios. Lupita se encontraba muy molesta. Muy enojada. Muy encabronada, pues. Y es que independientemente de la animadversión que sentía en su contra se le había subido la mala copa a la cabeza, ya que antes de presentarse ante sus superiores se había empinado una botella de medio litro de tequila. Consideró que sólo de esa manera podía dar la cara después de lo sucedido el día anterior. No podía soportar la presión en sobriedad.

Lupita no era la única que tenía la rabia a flor de piel. El ambiente estaba enrarecido. Nadie tenía ni la menor idea de cómo habían matado al delegado. Todos daban muestras de cansancio. Nadie había dormido la noche anterior. Lupita al menos había tenido tiempo de ir a su casa a darse un baño, pero los demás no. Se entendía que estuvieran molestos pero nada justificaba que la miraran con tal repulsión. Sobre todo el Jefe de Seguridad Pública, el capitán Arévalo, quien pasó a su lado como si ella no existiera cuando dos días antes se la había fajado en el interior de un baño de la comandancia. Lupita se lo había permitido como forma de pago a un favor que la había hecho. Lupita trabajaba en turnos de 24 por 24 horas pero como quería estar presente en la operación de vialidad durante la inauguración de una escuela para adultos mayores, en que el delegado iba a estar presente, permitió el abuso. ¿La razón por la que lo permitió? Simplemente porque quería estar cerca de Inocencio Corona, el nuevo chofer del delegado, quien la había flechado desde el primer instante en que lo vio. A ella le urgía iniciar una relación de amistad con él y qué mejor oportunidad que estar a solas con él mientras el delegado inauguraba la escuela. El viejo puerco del Arévalo había accedido al cambio de turno con tal de meterle mano por todos lados, pero ahora estaba ahí, ignorándola soberanamente y mirándola con desprecio. ¿Quién se creía el muy pendejo? Iba de un lado a otro dándose aires de importancia y tratando de aparentar que tenía las cosas bajo control, cuando todo era un desmadre.

Las oficinas de la delegación Iztapalapa eran un hervidero de gente. Todos entraban, salían, subían, bajaban. Discutían, exigían atención. La muerte del delegado no pudo haber sucedido en una fecha menos apropiada. Estaban a unos días de la celebración de Semana Santa y dentro de esa demarcación la representación de la Pasión de Cristo era todo un acontecimiento. La festividad dio inicio en el año de 1843 y con el correr de los años se convirtió en el teatro de masas más grande del mundo, en el cual participaban alrededor de quinientos actores nativos del lugar. Durante todo el año hombres, mujeres y niños trabajaban intensamente en la planeación de la festividad. El viernes santo todos salían a la calle y, vestidos de nazarenos, acompañaban al actor que encarnaba a Cristo en un largo recorrido que finalizaba en el Cerro de la Estrella, lugar en donde se le crucificaba. En ese mismo sitio se encuentran vestigios prehispánicos que forman parte de un complejo arquitectónico dentro del cuál sobresale la pirámide en donde se encendía el Fuego Nuevo cada cincuenta y dos años.

❧ ENCENDIDO DEL FUEGO NUEVO ❧

Para los antiguos habitantes de Tenochtitlan, cada cincuenta y dos años terminaba un ciclo cósmico e iniciaba uno nuevo. El sol era el actor principal. El que marcaba el paso del tiempo. Cuando se ocultaba en el horizonte, se temía que no volviera a salir. Para evitar que eso sucediera se realizaba una ceremonia que, según los cronistas de la conquista, coincidía con el día en el que las Pléyades se encontraban en el punto más alto del cielo. Al caer la noche, los sacerdotes vestidos con las insignias de sus dioses caminaban hacia el Monte Huizache, hoy Cerro de la Estrella. Los fuegos y las luces de toda la ciudad eran apagados y las familias hacían una limpieza general dentro de sus casas destruyendo todos los objetos de uso cotidiano. Se encendía el fuego en la cima del cerro y con él los sacerdotes prendían antorchas que eran entregadas a los corredores más rápidos para que ellos distribuyeran el Fuego Nuevo. Los indígenas consideraban que la montaña y el sol juntos eran la representación de dios. Cuando fray Bernardino de Sahagún se enteró de ello, utilizó este simbolismo dentro de las cartillas con las cuales catequizaban a los indios.

▲▲▲▲▲▲▲▲▲▲▲▲▲▲▲▲▲▲▲▲

En los pasillos de las oficinas delegacionales se encontraban desde productores de los canales de televisión hasta vendedores ambulantes. A todos les preocupaba que a causa del asesinato se fuera a suspender el acto programado para el fin de semana. Había muchos intereses en juego. Las televisoras se quejaban de que la policía no los dejaba instalar las cámaras de televisión pues aún tenían peritos trabajando en una de las calles principales. Los vendedores ambulantes se negaban a desalojar los puestos que tenían instalados en el Jardín Cuitláhuac y las autoridades los estaban tratando de convencer de que tenían que despejar la ruta de la Pasión. Según los comerciantes, el delegado antes de morir les había dado su autorización para que se quedaran ahí.

En el mismo caso que los vendedores ambulantes, muchos otros sostenían que habían llegado a supuestos acuerdos verbales con el delegado y les preocupaba mucho que no se les cumplieran. Quien estaba recibiendo en su oficina a todos estos personajes inconformes y tratando de calmarlos era el licenciado Manolo Buenrostro, director de la oficina de Jurídico y de Gobierno de la delegación. El licenciado Buenrostro paradójicamente se caracterizaba por tener todo el tiempo una jeta de la chingada y era otra fichita que clausuraba obras a diestra y siniestra para luego pedir millonadas por levantar los sellos.

Entre los quejosos se encontraba en primer lugar la "Mami", la líder de los vendedores ambulantes que exigía a gritos que se le respetaran sus puestos callejeros. La "Mami" había tenido sus diferencias con el Delegado, pues era de todos conocido que algunos de los comerciantes que ella representaba, aparte de mercancía china, vendían drogas. Lupita conocía a todos los vendedores hasta de nombre pues en su época de adicta, algunos habían sido sus *dealers*.

La "Mami" le causaba escalofríos. Era una mujer desalmada. Con facilidad mandaba matar a quien se opusiera a sus planes. Extorsionaba a diestra y siniestra. Era tal su poder, que antes de que se tomara cualquier acuerdo en el manejo de los programas sociales de la delegación, se le pedía su opinión. Incluso estaba acostumbrada a dar órdenes a los policías de la delegación. Los trataba como sus gatos. A Lupita una vez la había tratado de mandar al mercado pero ella se había rehusado. Cosa que la "Mami" no le perdonaba. Lupita no se explicaba cómo es que la "Mami" no la había mandado matar o al menos madrear y llegó a la conclusión de que tal vez era porque ella le resultaba muy insignificante, muy menor.

Los susurros y los rumores corrían por doquier. Todo mundo quería participar con su granito de intriga. La extraña muerte del delegado dejaba abierta la puerta para cualquier suposición. Que si el delegado se había peleado con "la Mami" debido a que habían retirado por la fuerza a un grupo de ambulantes. Que si el diputado Francisco Torreja, apodado el "Ostión" por escurridizo e inconsistente, lo había amenazado de muerte porque el delegado tenía planeado denunciarlo ante las autoridades acusado de corrupción. El "Ostión" en efecto era el diputado más corrupto que Lupita había conocido en su vida. Era un hijo de puta que en su territorio amenazaba mujeres, compraba voluntades, protegía a narcos y ante la inesperada ausencia del delegado no se movía de la oficina tratando de sacar provecho de la confusión generalizada.

Otro de los personajes oscuros sobre el que caían infinidad de sospechas era el Jefe de Asesores, el licenciado

Hilario Gómez. Todos comentaban que un día antes de la extraña muerte del delegado, se había gritoneado pública- mente porque el delegado lo cuestionó por haber llegado tarde al evento donde el delegado había rendido su infor- me anual de labores. Una de las secretarias le mencionó a Lupita que lo que más había molestado al licenciado Larreaga era que el Jefe de Asesores se hubiera negado a decirle en dónde estaba o cuál era la causa tan importan- tísima por la que no había llegado a tiempo y ni siquiera había mandado con un tercero el Power Point que el de- legado necesitaba para dar el informe y sin el cual no le había quedado otra opción que improvisar.

El licenciado Hilario Gómez era un hombre que Lu- pita consideraba un ladino, mustio, mentiroso y corrupto. Nunca le había tenido la menor simpatía. Era un hombre que nunca miraba de frente. Nunca lo había visto reír. Era un ser mediocre, acomodaticio, bofo, de manos sudorosas, de lentes, calvo y gordo que destilaba envidia y profunda ambición. Se decía de izquierda pero eso era una gran falsedad. Se movía por dinero y sólo por dinero. No le im- portaba nadie mas que él mismo. Era un hombre solitario. No se le conocía novia, ni perro ni quimera alguna. Se la pasaba urdiendo estrategias y planes para el delegado que la mayor parte de las veces eran contraproducentes. Lupita nunca entendió por qué el delegado lo tenía en su equipo de trabajo. Tal vez para cumplir con un acuerdo político. En fin, el caso es que no soportaba a ese cabrón.

En el preciso instante en que alguien mencionaba que el Jefe de Asesores tenía motivos suficientes para haber asesinado al delegado. El licenciado Gómez ingresó por el pasillo de las oficinas de la delegación. Todos guardaron silencio; bueno, menos Lupita, la cual dejó a todos con la boca abierta al dirigirse en voz alta al licenciado Gómez de una manera por demás irrespetuosa:

—¿Por qué no les dice a los que están hablando mal de usted que no llegó a tiempo al informe del delegado porque le estaban depilando la espalda?

Efectivamente, al licenciado Hilario Gómez le habían estado depilando la peluda espalda que tenía. ¿Que cómo lo sabía Lupita? Pues ¡porque esa información confidencial se la había dado Celia! Ella personalmente lo había depilado y le había comentado a Lupita que hasta le había quemado un poco la piel pues él estaba tan nervioso porque ya se le estaba haciendo tarde que le pidió que le aplicara la cera aunque estuviera un poco caliente. Tenía que irse lo más pronto posible para llegar a tiempo al informe. Lupita le preguntó a Celia que si tanta prisa tenía por cumplir con las responsabilidades de su trabajo para qué chingados se había ido a depilar y Celia le dijo que ella creía que porque se iba a ir de fin de semana con una amiga a Acapulco y ése era el único tiempo libre que había encontrado para hacerse la depilación. Lupita le preguntó:

—¡Guácala! ¿Hay quien quiera acostarse con ese tipo?

—Sí mana, bueno, no me lo vayas a tomar a mal, pero dicen las malas lenguas que la esposa de tu delegado y él…

—¡Ya Celia! Cállate, en serio que tengo ganas de vomitar.

Las palabras de Lupita provocaron un silencio total.

—Y por ahí explíqueles, mi lic., que usted sería incapaz de matar a su amigo por motivos laborales… pero sí por acostarse con su esposa.

Gracias al todopoderoso, en ese momento le tocó el turno a Lupita para pasar a la oficina del fiscal, pues al Jefe de Asesores le tomó un poco salir de su asombro pero ya había reaccionado y estaba a punto de abalanzarse sobre Lupita.

—Buenos días, comandante.

—Tome asiento, por favor.

El espacio en donde estaba ubicado el escritorio del comandante Martínez obligaba a la cercanía. Al dar las gracias, el rostro de Lupita quedó muy cerca del comandante.

—Yo no sabía que se podía venir a trabajar con aliento alcohólico, ¿siempre viene así?

—No, no siempre, ¿por qué?

—Porque hasta donde sé, no se puede beber cuando uno está de servicio.

—Así es, pero no se preocupe, ahorita no estoy de servicio —y con arrogancia preguntó—: ¿en qué le puedo ayudar? Ayer ya rendí mi declaración lo más extensa que pude.

El comandante sonríe sorprendido ante la respuesta y la actitud de Lupita. En las manos tiene la declaración que Lupita rindió ante el Ministerio Público.

—Sí, ya la revisé. Por cierto, le quería preguntar respecto a la arruga que mencionó en su declaración, ¿de qué tipo de arruga habla?

Lupita se acomoda en la silla. La pregunta le incomoda. No sabe con qué intenciones se la hace el comandante Martínez.

—Pues mire, era muy parecida a la que usted trae en el cuello, lo que pasa es que la suya no se debe a un mal planchado sino porque se ve que usted cuando dobló su ropa no lo hizo con cuidado y quedó mal acomodado el cuello.

Lupita guarda silencio ante el temor de nuevamente hacer el ridículo.

—Siga, me interesa.

—Es que mire, las manos también planchan. A veces no basta planchar la ropa sino doblarla poniendo cierta presión y cuidando que no queden dobleces entre la ropa. Por cierto, también le recomiendo que no deje su saco sobre el mismo sillón donde duerme su gato porque se le pegan las bolas de pelos.

El comandante Martínez no puede impedir que una luz de admiración le ilumine los ojos. La plática de esa mujer le parecía lo más refrescante que había escuchado en mucho tiempo. Lupita lleva su mano al hombro para ejemplificar el movimiento que el comandante debe hacer para sacudirse los pelos de gato de su saco y hace un gesto de dolor pues se rozó su dedo lastimado con la ropa.

—¿Qué le pasó?

—Nada importante... se me enterró una astilla.

—Pues por el tamaño de la herida más bien parece que fue un astillón.

—Sí, ¿verdad? Pero no se preocupe, eso no abre otra línea de investigación... por cierto y volviendo a la arruga. El delegado traía una camisa con la arruga y dos horas más tarde ya no. En ese transcurso de tiempo se la debe de haber cambiado y dice su secretaria que no se la cambió en la oficina y dice el chofer que tampoco en su casa así que...

—¿Usted sugiere que investiguemos dónde fue?

—Pues... sí...

—Bueno, mire, tomo nota pero antes le voy a pedir que mire este video que ayer por la noche unos turistas nos hicieron el favor de entregar. Se los tomó el bolero de la esquina por equivocación. Ellos le pidieron que les tomara una foto y él oprimió el botón de video… mire usted…

Lupita observa con detenimiento el mencionado video en el que se ve una pareja en primer plano sonriendo. Luego, se escucha la turista preguntando:

—¿Ya?, ¿ya salió?

—No sé, creo que sí, mire usted. Le respondió el bolero.

La cámara sigue grabando y la pareja sale de foco y en ese instante se ve a Lupita y a un hombre desconocido cruzando la acera y caminando en dirección del delegado quien está a punto de subir a su automóvil. Inocencio, su chofer, está parado junto a la puerta, cediéndole el paso a su jefe. El delegado sostiene con una mano el celular por el que va hablando y con la otra mano saluda al hombre que camina junto a Lupita y con el que ella casi se tropieza. El hombre responde el saludo y hasta ahí se ve la toma antes de irse al cielo.

—Como verá, la cámara no muestra el rostro de este hombre y como es el único sospechoso que tenemos y usted la única persona que estuvo cerca de él le vamos a pedir que por favor realice un retrato hablado.

—No sé si pueda… no lo vi… bueno, sí lo vi pero no recuerdo sus facciones.

—Por favor, haga un esfuerzo, cualquier dato nos será de gran ayuda y estoy seguro de que con su capacidad de observación nos va a poder ayudar mucho. La están esperando para hacer un retrato hablado del sospechoso.

Lupita por primera vez en muchos años siente que el hombre que tiene de frente la valora. Eso la hace sentir muy bien, su estado de ánimo mejora considerablemente y se le suelta la lengua.

—Bueno, lo único que le puedo decir así de entrada es que si ese hombre es el asesino... que sinceramente no entiendo cómo usted imagina que pudo matar al delegado a distancia, pero en fin... estamos en problemas porque camina sin el menor temor.

El comandante Martínez sonríe nuevamente, definitivamente esa bronca mujer le gustaba.

A Lupita le gustaba tejer y bordar

A Lupita le gustaba tejer y bordar.

Cada una de estas dos actividades tenía su propio atractivo y encanto. Si a Lupita la pusieran a elegir entre una de ellas, se vería en un grave dilema.

Le apasionaba el tejido porque le permitía alcanzar un estado de paz y le fascinaba bordar porque al hacerlo ponía en juego su creatividad. Ambas actividades le resultaban liberadoras. Le permitían instalarse en un lugar fuera del tiempo. Fue durante su estancia en la cárcel que aprendió a tejer y descubrió que mediante esta actividad las horas pasaban volando y era posible perder la noción del tiempo. Cuando lograba concentrarse en las puntadas, todos los pensamientos que atormentaban su mente desaparecían. Sólo existía el derecho y el revés y la estela de paz que el movimiento acompasado de sus manos dejaban tras de sí. Al final del día ella tenía un trozo de tejido que mostrar a sus compañeras para comprobar que había hecho algo bueno, algo digno, algo bello. Puntada a puntada ella recuperaba su dignidad y su libertad.

El bordado también tenía lo suyo. Le encantaba bordar una pieza y luego aplicar lentejuelas sobre ella. Una de las cosas que más le atraía del trabajo con lentejuelas es que aunque uno se equivocara en la colocación de una de ellas, era fácil de corregir el error. Si la aguja había salido por un lado incorrecto y la lentejuela quedaba chueca, se podía introducir la aguja en el mismo lugar por donde había entrado pero en sentido contrario y asunto arreglado. Con ello se deshacía la puntada y la lentejuela quedaba lista para colocarse en otro sitio. Esa tarde se la había pasado corrigiendo puntadas una y otra vez pues traía un pulso desastroso. Entre el dedo lastimado, del cual Celia le había extraído la astilla de cristal, y la cruda que se cargaba se podía decir que había escogido el peor día para bordar. Para acabarla de amolar, la hinchazón de su dedo le impedía utilizar un dedal así que constantemente se daba pinchazos con la aguja. Sin embargo a Lupita no le quedaba otra que bordar a pesar de tener todo en contra. Lo que pasaba era que esa noche Lupita tenía planeado ir a bailar. Necesitaba recibir muestras de aprobación, que la miraran de otra manera. Recuperar su autoestima. Quería lucirse ante todos en la pista de baile. Quería brillar. Quería reír. Quería mover las caderas enfundada en su maravilloso vestido de lentejuelas.

En determinado momento y mientras ensartaba la aguja en la tela, se puso a reflexionar sobre la trayectoria que siguió el objeto que cortó el cuello del delegado. Lo que quiera que haya sido lo atravesó de un lado al otro, ¿pero qué fue?, ¿qué podía tener la dureza necesaria para cortar de tajo y al mismo tiempo no dejar rastro alguno? Le parecía increíble que los peritos no hubieran encontrado ningún tipo de evidencia. Así como la aguja penetraba la tela, "algo" había penetrado en la piel del licenciado Larreaga, pero así como había entrado debía haber salido. Tuvo que ser un objeto que viajó a gran velocidad para no ser visto y se debió haber estrellado con fuerza en algún lugar. Mediante estas reflexiones su mente obsesiva la estaba llevando nuevamente al lugar de los hechos y ella se resistía. Quería olvidar lo sucedido. Pensar en otra cosa. Y sobre todo, quería celebrar lo que ella consideraba como su triunfo total sobre el alcohol. Desde la media botella de tequila que se había tomado en la mañana antes de ir a entrevistarse con el comandante Martínez no había vuelto a beber. Para ella, eso era un signo inequívoco de que tenía la bebida bajo control. Así que haciendo un gran esfuerzo, Lupita terminó con el bordado de su vestido. Cuando se lo estaba poniendo, escuchó unos fuertes golpes en su puerta y la voz destemplada de Celia que le gritaba: "¡¡¡¡¡¡¡Guadalupeeeeee!!!!!!!".

El que Celia la llamara por su nombre de pila en vez del diminutivo "Lupita" era muy mal signo. Abrió la puerta con precaución y Celia con furia le dio un empeñón.

—¡Qué te pasa! ¡Cómo te atreviste a ventanear al licenciado Gómez delante de todos!, ¡lo de mis depiladas es un secreto profesional! Te lo confié en plan de amigas y me sales con tus mamadas.

—¡Cálmate Celia! ¡Déjame explicarte!

—No tienes nada que explicarme, pendeja. Ya me di cuenta de que de nuevo estás peda. ¡Qué poca! Yo creí que valías algo pero me doy cuenta de que no eres otra cosa que una pinche borrachita que se muere por andar tirada en la calle…

—No me hables así.

—¡Te hablo como se me da la gana pues es la última vez que te dirijo la palabra! Y para tu información, te aviso que el licenciado Gómez me echó encima a los del jurídico y me acaban de clausurar mi salón de belleza por tu culpa. ¡Ya puedes irte a celebrar con tu vestido de putita!

Celia salió del departamento de Lupita dando un portazo.

Lupita se dejó caer sobre una silla. En verdad le habían dolido las palabras de Celia. Nunca la había visto así de enojada. Sintió que la ruptura con su mejor amiga la dejaba en la indefensión. Era como si la hubiera soltado de la mano y la dejara caer en un pozo sin fondo. Ya no tenía a qué afianzarse. Era como una lentejuela a la cual le habían cortado el hilo que la mantenía en su sitio.

Ésa era una sensación que Lupita ya había experimentado, precisamente el día en que, años atrás, ingresó en la cárcel.

Lo que la había salvado en aquel entonces fue el tejido. Dentro de la prisión se volvió una tejedora compulsiva. Tejer le permitía unir, enlazar, integrar y con cada punto que enlazaba ella se "amarraba" a la vida. Los hilos son los que nos mantienen unidos. Por eso en sus pedas, Lupita les pedía a sus acompañantes que no la soltaran de las manos. Sabía que si lo hacían ella se iría, se perdería para siempre en la nada. Se olvidaría de todo y de todos o perdería por completo la cordura.

Cuando estos pensamientos se apoderaban de ella, lo que la mantenía cuerda era le esperanza de que no todo estaba perdido. Que siempre hay manera de ser rescatado. En el mundo del tejido, cuando un punto se desprende de los demás, "se corre" y deja un hueco en la prenda pero lo maravilloso es que uno puede rescatarlo y subirlo poco a poco con la ayuda de un gancho. En la vida real cuando uno rompe los vínculos que lo mantienen unido en la trama de la vida, también deja un hueco, un hueco enorme, pero eso no significa que no se le pueda rescatar, sí se puede, pero antes es necesario que uno reconozca cuáles son los hilos invisibles que nos mantienen unidos a los demás. Cuáles son nuestros puntos de unión. Nuestros puntos de contacto. Por lo mismo, Lupita no entendía por qué los detectives de la delegación que se suponía que eran tan chingones no eran capaces de investigar los puntos de contacto de los criminales. Ahí estaba la clave de todo. Y no se refería precisamente a relacionar a consumidores con sus respectivos vendedores de droga o al asesino con sus cómplices, sino descubrir aquellos puntos sensibles que una persona utiliza para entretejer su historia personal. Sus hilos secretos. Un hilo nos lleva a otro hilo y ese otro a uno nuevo y así sucesivamente, pero ¿qué es lo que hace que un hilo quiera unirse a determinado tejido? Encontrar la respuesta era la especialidad de Lupita. Pero no en ese momento. Sentía que había soltado sus amarres en los últimos días.

A Lupita le gustaba bailar

A Lupita le gustaba bailar.

Podía hacerlo por horas enteras a pesar de que tenía los pies llenos de callos. Al danzar, interminablemente entraba en un estado de trance en el que ya nada importaba. El dolor de sus pies desaparecía por completo. La razón por la que le habían salido esas callosidades era porque de niña nunca le habían comprado zapatos nuevos. Siempre usó aquellos que las patronas de su mamá le regalaban después de que sus hijas los habían desechado. Por supuesto, ninguno de los zapatos que recibía era de su número. Algunos le quedaban grandes y otros demasiado chicos. En consecuencia, sus pies se le dañaron irremediablemente. Pero ése no era ningún impedimento para que semana a semana acudiera a un salón de baile.

Le gustaba sentir la mirada de los hombres sobre su cuerpo. La excitaba que la vieran. Que la observaran. Traía el vestido negro bordado con canutillo y lentejuela que había reparado por la tarde. Lo había comprado en los tiraderos de la Lagunilla. Era de los 40. La moda de esos años, aparte de elegante resultaba muy favorecedora para personas regordetas como ella. El vestido tenía un drapeado a la altura de la cintura que le disimulaba bastante la panza. Se había soltado la larga cabellera negra que siempre escondía trenzada bajo la gorra de policía. Se había peinado como María Félix en *Doña Diabla* y se veía espectacular. La imagen de mujer fatal le iba muy bien.

Había decidido ir a bailar a pesar del mal sabor de boca que le había dejado el altercado con Celia pues estaba segura de que el baile le alegraría la existencia. Al llegar le pidió al mesero una botella de ron y unas coca colas y media hora después ya casi había terminado con la botella. No se daba cuenta de la dramática manera en que estaba recayendo en su alcoholismo. Por el momento beber era su único interés. Nada más. Igualito que en su época de alcohólica cuando el amor a la bebida superaba todos los demás amores de su vida. En esos tiempos no quiso a nadie, ni hombre ni mujer ni perro ni taco ni torta alguna. Lo único que le interesaba era empinarse botella tras botella de alcohol. El motivo era lo menos importante. Los pretextos infinitos. Que si porque la veían feo. Que si porque su mamá había muerto. Que si porque el gobierno era muy corrupto. Que si porque el presidente era un imbécil. En esta noche en especial porque Celia se había enojado con ella. O sea, estaba repitiendo el mismo patrón. Lo peor es que se estaba encabronando porque había muchas parejas que en vez de bailar estaban en sus mesas conversando. Ella había ido a divertirse y la gente no estaba cooperando. Constantemente se dirigía a ellos y con señas les daba indicaciones para que se pararan a bailar. Nadie la obedecía. Lupita, sin esperar más, se levantó de su mesa y fue a sacar a bailar a un señor que no puso mayor resistencia. Si la bola de amargados se quedaban en su mesa, ¡allá ellos! Pero ella no estaba dispuesta a desperdiciar la noche.

Para Lupita las personas que no bailan eran por lo general seres egoístas, solitarios y amargados. El baile exige que uno le siga el paso al compañero y que se mueva al mismo ritmo que él. Una buena pareja de baile es la que logra hacerse "uno" con el otro, el que la siente, el que la adivina, el que en un juego de armonía, anticipa los movimientos del otro y los acepta como propios. Ahora bien, Lupita sabía que había hombres que, aunque bailaran, también eran egoístas y amargados. Eran los técnicos. Los que se aprendían los pasos de memoria y eran incapaces de improvisar. Los que ni siquiera miraban a los ojos a su pareja, los que trataban de "lucirse" antes que nada. Los que buscaban la aprobación del público antes que la de su compañera de baile y realizaban movimientos desconsiderados como el darle de vueltas y vueltas sólo por lo espectacular que éstas resultaban ante los ojos de los demás. Ése era precisamente el caso del cabrón con el que estaba bailando. Estaba a punto de vomitar y el desgraciado ni cuenta se daba. Lo peor es que las manos del mentado sujeto no le daban la confianza suficiente. Lupita sentía que no la sostenían con la fuerza necesaria y que de un momento a otro la iba a soltar y Lupita iba a salir disparada en dirección de las mesas que se encontraban junto a la pista de baile. De manera intempestiva suspendió el baile y con pasos vacilantes se dirigió a su mesa, dejando a su compañero muy desconcertado. Lupita nunca dejaba una pieza de baile sin terminar pero no podía más. Tenía una náusea fenomenal. Para reponerse, le dio un trago a su cuba y se dedicó a contemplar a las pocas parejas que estaban bailando en la pista.

A Lupita le encantaba descubrir detalles que a la mayor parte de las personas pasaban desapercibidos. Sabía qué tipo de calzones usaban las mujeres. Cuáles de ellas traían tanga, cuáles bikini, cuáles calzón completo y cuáles ni siquiera traían ropa interior. Con los caballeros la observación resultaba más divertida. Para ver quién usaba boxer, quién trusa y quién andaba a raíz, se requería de cierto grado de atrevimiento, cosa que a Lupita le sobraba. Por la forma en que bailaban sabía cuáles de ellos cogían y cuáles hacían el amor. Era muy revelador ver cómo acariciaban la espalda de su compañera y la manera en que le daban órdenes con la mano para que girara en una o en otra dirección. Si la empujaban con violencia, malo. También era fundamental si eran capaces de mantener un ritmo acompasado. Si ellos iban por un lado y su pareja por otro, pésimo. No podrían lograr un orgasmo conjunto en la cama. Claro que en el campo de la sexualidad influían muchos factores, por ejemplo: el grado de cachondería del caballero. Para determinarlo, Lupita recurría a su muy particular método de observación llamado carambola de tres bandas, que consistía en determinar qué tanto le atraían a un hombre las voluptuosidades de una mujer con la que se cruzaba en su camino. Si sólo le observaba las chichis o si aparte la barría con la mirada o si también giraba para observarle el culo. Lupita podía predecir con gran exactitud los segundos que iban a pasar entre el encuentro con una dama y el tiempo en que el caballero iba a mirarle las nalgas. Dependiendo de la delicadeza o lujuria con la que lo hacían, Lupita podía determinar si se trataba de un cachondo chaquetero, calenturiento o degenerado.

Y dependiendo de sus apreciaciones le gustaba imaginar con quién de ellos sí se acostaría y con quién no. Con los únicos hombres con los que de plano no cogería era con los juniors y con los guaruras. Su tipo de mirada no le inspiraba confianza. Bueno, cuando se las podía observar porque muchas veces ese tipo de personajes usaban lentes oscuros, cosa que la desconformaba tremendamente. Aborrecía toparse con una pantalla negra en la que sólo veía el reflejo de ella misma en los vidrios oscuros de su interlocutor.

❦ ESPEJO NEGRO DE TEZCATLIPOCA ❦

En la antigüedad, los pueblos originarios del Valle de México fabricaban espejos de obsidiana. A la obsidiana se le asociaba con los sacrificios debido a que su afilada hoja era utilizada para fabricar los cuchillos con los que abrían el pecho de los sacrificados. El espejo de obsidiana era un instrumento de magia que sólo a los hechiceros les era permitido utilizar. Se dice que si uno se observa en un espejo negro le es posible viajar a otros tiempos y otros espacios. Al mundo de los dioses y los antepasados. El espejo de obsidiana era el principal atributo de la deidad azteca Tezcatlipoca, cuyo nombre significa "espejo humeante". En los espejos negros se podían conocer las distintas manifestaciones de la naturaleza humana. Se podía conocer el lado más oscuro pero también el más luminoso del ser humano. En ellos se refleja el observador y el objeto al mismo tiempo. En una ocasión, Tezcatlipoca engañó a su hermano Quetzalcóatl por medio de un espejo negro. Al verse en él, miró su parte oscura. Su identidad falsa. Y se engañó respecto a sí mismo. Tuvo que dar una batalla en contra de la oscuridad para recuperar su luz.

▲▲▲▲▲▲▲▲▲▲▲▲▲▲▲▲▲▲▲▲▲▲

Lupita de pronto se dio cuenta de que en el salón de baile había varios juniors con sus respectivos guaruras. De seguro ésa era la razón por la que no había tanta gente bailando. Esos pinches juniors todo lo arruinan. ¿A qué van a un salón de baile si ni siquiera saben bailar? Cuando descubren un sitio popular se apoderan de él. Van en banda a echar desmadre. A empedarse. A abusar del poder que les da ser hijos de papi y tener bajo sus órdenes a varios guaruras. A Lupita, por lo general, no le gustaban los guaruras. Se acercaba a ellos sólo cuando estaban en la calle esperando a que sus jefes salieran. Cuando estaban solos, perdían la dureza, la solemnidad. Se relajaban. Hacían chistes, comentaban sobre deportes, reían. Pero cuando sus patrones salían su mirada se enfriaba, su cuerpo se tensaba y el culo se les achicaba mucho más que el presupuesto de las delegaciones en tiempos electorales.

De pronto, Lupita observó que un junior sacó a bailar a una chavita y ella se rehusó. El junior se puso necio y el novio de la chava la defendió. Uno de los guaruras entró al quite y sacó la pistola. Lupita reaccionó con gran velocidad.

Se acercó al guarura y por medio de una patada voladora lanzó la pistola por los aires. Rápidamente se acercaron otros dos guaruras que venían con el grupo de jovencitos y Lupita los encaró con violencia. El tono de su voz y la violencia de sus movimientos amedrentaban a cualquiera.

—¡Uy qué miedo! Ahí vienen los guaruras… órale, hijos de su puta madre… aviéntense… con todos puedo… a todos se los va a cargar la chingada…

La actitud de Lupita los desconcertó y dio el tiempo suficiente como para que llegaran los agentes de seguridad del lugar y controlaran la situación. Después de una acalorada discusión y uno que otro jaloneo —en donde por cierto se rasgó el vestido de Lupita— los agentes de seguridad sacaron a los juniors y sus guaruras del lugar a riesgo de que se armaran los balazos. Lupita los siguió hasta la calle coreando "culeros, culeros".

De pronto se sintió observada. Muchas personas la miraban. Unas con miedo y otras con admiración pero había alguien que le dedicaba especial atención. Era nada más y nada menos que el comandante Martínez, quien la miraba fijamente.

A pesar de que a Lupita le intrigaba saber qué es lo que hacía el comandante Martínez en ese sitio, tenía tal cantidad de adrenalina en la sangre que no supo cómo reaccionar. Lo único que se le ocurrió fue increparlo:

—¡Qué! ¿Soy o me parezco?

—¿Lupita?

—¡Ajá!

—Perdón, es que sin su uniforme de policía no la reconocí.

—¿Qué quiere, comandante?

—La ando buscando porque surgieron nuevas evidencias del caso y…

—¿Quién le dijo que yo estaba aquí?

—Su vecina… Celia, creo que se llama…

—¡Ah, qué hija de la chingada!

—¿Perdón?

—Mire, comandante, ya que está aquí véngase a bailar conmigo y de pasadita me dice lo que me tenga que decir.

El comandante Martínez no se hizo del rogar, tomó a Lupita de la mano y la llevó a la pista de baile. A Lupita le agradó sobremanera el contacto con su mano. Se sintió como una niña a quien su padre protegía. Era una mano grande, amorosa. De inmediato imaginó cómo se sentiría ser recorrida por completo por esa cálida mano.

—Le tengo buenas noticias, Lupita. Fíjese que el retrato hablado que hizo del sospechoso nos sirvió mucho. El licenciado Buenrostro lo identificó como uno de los artesanos que tiene un puesto ambulante.

—Ay, comandante, ¿qué le parece si eso me lo dice al ratito? Es que esta pieza me gusta mucho, déjeme disfrutarla.

La orquesta en ese momento interpretaba la canción "Pedro Navaja", de Rubén Blades. Y efectivamente era una de sus canciones predilectas. Lupita acercó su cuerpo al del comandante y le agradó la forma en que embonaban. El comandante Martínez tenía una panza donde Lupita podía recargar perfectamente el busto. Le quedaba justo a su altura. Parecía que la habían diseñado justo a su medida. Bailaban tan cerca que Lupita podía sentir la respiración del comandante sobre su cuello. "La vida te da sorpresas, sorpresas te da la vida" decía el coro de la canción y coincidió con el instante en que Lupita se enteró de que el comandante Martínez no usaba calzones y que tenía una erección. ¡Vaya sorpresa! Lupita restregó su carnoso cuerpo sobre el del comandante con emoción. Nunca se imaginó que su rechoncho cuerpo pudiera provocar esa afortunada reacción. Su autoestima dio un salto cuántico. Se le hizo un nudo en el estómago y muy a su pesar tuvo que disculparse con el comandante e ir rápidamente a vomitar al baño.

A Lupita apenas le dio tiempo de empinarse sobre uno de los lavabos de manos del baño antes de que su estómago expulsara el contenido. Inmediatamente se acercó a ella la cuidadora del baño que no era otra que la chamana Concepción Ugalde, mejor conocida como Conchita. Con afecto le acarició la espalda mientras Lupita se arqueaba y luego le ayudó a limpiar su cara. En ningún momento mostró asco. En su calidad de vigilante del baño de seguro había presenciado muchas escenas como ésas, pero de cualquier manera era admirable la forma en que estaba auxiliando a Lupita. Las dos eran viejas conocidas. Lupita tenía años de asistir semana a semana a ese mismo sitio a bailar, eran los mismos que Conchita tenía de cuidar que en los baños no se vendieran drogas.

—Gracias, doña Conchita.

—De nada, niña. ¿Te sientes mejor?

—Sí, creo que sí.

—Qué bueno. ¿Desde cuándo volviste a la bebida?

—Tengo poco, no se preocupe. Todo está bajo control.

—Tú sabrás.

—Lo que pasa es que me está costando mucho trabajo sobreponerme a lo de la muerte del delegado… ya ve que murió en mis brazos.

Conchita suspendió su labor de limpieza sorprendida por lo que acababa de escuchar.

—¿Tú eres la mujer policía que lo auxilió?

—Sí, ¿pues qué no me vio en la televisión?

—No, la verdad no veo televisión.

—Pues hace bien.

—Oye, ¿y tú viste quién atacó al delegado?

Conchita sacó un desinfectante y comenzó a limpiar el lavabo esperando la respuesta con gran curiosidad. Lupita, en vez de responderle, se puso a arreglar su vestido de la mejor manera.

—¿Qué cree doña Conchita? ¡Me acabo de enamorar!

—No me digas, ¿y de quién?

—¡De un hombre increíble!

—¡Ah! ¿Y él también bebe?

—No sé, pero eso es lo de menos.

—Tú dirás.

—Además yo ya no bebo… es sólo por hoy.

—¡Ahora resulta que el "sólo por hoy" es para beber! ¡Qué dirían los de tu grupo si te oyeran! ¿Ya no vas, verdad?

—Ay, Conchita, no se ponga en ese plan… Mire, luego platicamos, ¿sí? Es que me está esperando mi galán.

—Bueno, pues al menos enjuágate la boca antes de irte.

Conchita saca de un cajón un enjuague bucal y se lo ofrece a Lupita. Al hacerlo se da cuenta de que Lupita trae una herida en la mano.

—¿Qué te pasó en la mano?

—Se me clavó una astilla de cristal, ¿usted cree?

—¿De cristal?, ¿pero cómo?

—Yo creo que del celular del delegado.

Mientras Lupita hace gárgaras Conchita saca un celular de su bolsa y marca un número. Habla brevemente con una persona atrás de la línea. No escuchamos lo que dice a causa de los buches que Lupita está haciendo. Rápidamente cuelga.

—Gracias, doña Cochita, ¡es usted lo máximo!

—De nada, niña. Que tengas buen camino y recuerda que si requieres ayuda tengo un compadre que dirige un Centro de Rehabilitación.

—¡Otra vez! Ya le dije que no estoy borracha... bueno, un poco, pero no se me preocupe, con un pericazo se me baja... ja, ja.

Conchita no festeja la broma de Lupita y mueve su cabeza con desaprobación mientras detiene a Lupita por el brazo antes de que cruce la puerta. Le pide que por favor le dé su número de celular para poder llamarla y enterarse de su estado de salud. Lupita toma una pluma que está en el lavabo y con ella escribe directamente sobre la tela del vestido de Conchita su número de celular.

—Oye niña, ¡qué te pasa!

—No se me enoje, Conchita, es que así no se le pierde, ja, ja

Conchita nuevamente desaprueba la conducta de Lupita con un movimiento de cabeza. Lupita abandona el baño con una sensación de frescura en la boca y en el pasillo choca con un hombre que la hace perder el equilibrio. Lupita lo voltea a ver con furia. Con sorpresa descubre que frente a ella se encuentra el mismo hombre con el que se cruzó en la calle el día en que el delegado murió. Lupita se queda muda. Usa el bezote en el labio inferior y los expansores en las orejas que ese hombre usaba. Después del impacto del golpe, los dos siguen con su camino.

A Lupita se le presentan tres opciones. Ir tras ese hombre y apresarlo, o denunciarlo con el comandante Martínez para que él se encargue de la detención o ir directo a comprar su "perico" para bajarse la borrachera y gozar el resto de la noche. Se decide por esto último. Sabe perfectamente a quién puede acudir dentro del mismo salón de baile para obtener la cocaína que necesita y lo hace sin la menor vacilación. Era tal su prisa que nunca se enteró que el hombre con el que chocó, tocó en el baño de damas, que Conchita salió y que conversaron sospechosamente.

A Lupita le gustaba tener la razón

A Lupita le gustaba tener la razón.

Le molestaba enormemente que alguien la contradije-
ra. Discutía con vehemencia, argumentaba interminablemente sin ton ni son, tomando incluso el riesgo de
contradecirse y, bueno, digamos que se ponía neciecita.
Convencer a otros de que ella estaba en lo cierto le apasionaba. En su vida había cometido grandes equivocaciones
con tal de demostrar que ella tenía la razón. Por ejemplo,
todas sus amigas le advirtieron que su novio Manolo la iba
a hacer sufrir mucho. Ella no les hizo el menor caso. Le
atraía tanto ese hombre que pasó por alto todos los signos
de alarma. Nunca quiso darse por enterada de que era alcohólico, ni de la violencia que era capaz de ejercer cuando estaba embriagado. Cuando se casaron y comenzaron
las golpizas, Lupita guardó silencio. No soportaba la idea
de que sus amigas le dijeran "te lo dije". Fingía vivir en
una relación armónica para no darles el gusto de tener
la razón. Sería admitir su derrota y no estaba dispuesta.
Fue hasta que Manolo la mandó al hospital que confesó
el maltrato del que era objeto. Ese día no supo distin-
guir qué fue peor, el dolor de las costillas rotas o el de su
orgullo lastimado. Y en esa mañana no podía reconocer
qué era peor, el dolor de cabeza, la depresión, el sueño in-

controlable o el enojo que le provocaba escuchar pésimos comentarios acerca del licenciado Larreaga, su querido y admirado delegado. Tenía el rostro encendido y unas ganas tremendas de golpear a alguien. Ya bastante tenía con la cruda moral y física que se cargaba como para aparte tener que escuchar a una bola de pendejos hablar a lo tonto.

Una cosa es que para gobernar la delegación el licenciado Larreaga hubiera tenido que llegar a un acuerdo con alguna corriente de su partido y otra muy diferente que hubiera recibido dinero a cambio de ello. Ella se negaba a aceptar que el delegado fuera corrupto. Metería las manos al fuego por él. No entendía cómo podía haber gente tan mal intencionada que hablara así de un hombre honesto. Una gran depresión se estaba apoderando de ella. Si alguien le preguntara por su estado de ánimo no le quedaría otra que decir: "de la chingada". Y no sólo a causa de la muerte del delegado. La llenaba de tristeza saber que había tenido relaciones sexuales con el comandante Martínez drogada, pues hace tiempo que la atormentaba un pensamiento absurdo: que no podía saber cuándo iba a ser su última vez. Una mujer recuerda perfectamente cuándo fue la primera ocasión en que hizo el amor pero nunca podía determinar cuándo iba a ser la última y eso le preocupaba sobremanera. Debido a ello, cada vez que tenía la oportunidad, gozaba al máximo del sexo y trataba de registrar en la memoria todo lo acontecido por aquello de que no hubiera una próxima ocasión. Llevaba horas recordando a detalle cada beso y cada caricia por insignificante que pareciera. Tuvo todo el tiempo del mundo para hacerlo. La cocaína que inhaló en el salón de baile le bajó la peda pero la mantuvo despierta toda la madrugada. El comandante Martínez se tuvo que ir de servicio y ella se quedó esperando la salida del sol con el ojo abierto y una culpa de la chingada. En cuanto su mente recolectó todos los recuerdos de esa noche pasional, su cabeza empezó a atormentarla. Por la maldita adicción y la calentura había dejado escapar al posible asesino del delegado. No paraba de darle vueltas a su cabeza con respecto a lo equivocado de su conducta. Lo que más le preocupaba era sentir esa sensación de pérdida de control. La primera vez que la experimentó fue cuando fumó marihuana. Sintió que su cuerpo ya no era suyo del todo. Bajo los efectos de la hierba descubrió que escuchaba mucho más de lo normal y que veía cosas que nunca había visto antes. La mota le permitía rebasar los límites que su cuerpo le imponía, lo cual le agradaba pero al mismo tiempo la hacía ir y venir en el espacio a su voluntad, no a la de Lupita. Le asustó no tener control sobre lo que sentía y no saber cuándo iba a terminar la experiencia. Lo mismo ahora. La euforia que la cocaína le había provocado había desaparecido y en su lugar se había instalado la depresión. Para colmo, las opiniones que estaba escuchando referentes a la honestidad del delegado eran altamente desalentadoras.

Lupita se encontraba en la antesala de la oficina del licenciado Buenrostro, el jefe del Jurídico y de Gobierno de la delegación Iztapalapa, esperando ser recibida por éste. A la muerte del delegado él iba a asumir el cargo de Jefe Delegacional. Había una decena de personas esperando su turno y mientras eran recibidos externaban sus opiniones sobre los últimos acontecimientos. Lupita los escuchaba con gran malestar. No estaba de acuerdo con las versiones que circulaban. Frente a ella se encontraba Gonzalo Lugo, la mano derecha de "La Mami" y se hacía acompañar por varios vendedores ambulantes. Había dos jovencitas dentro del grupo y Lupita se dedicó a "recortarlas" duramente. Si había algo que le molestaba era la manera de vestir de las mujeres provenientes del campo. De inmediato aventaban el huipil y se enfundaban unos jeans, de ésos que se colocan a la altura de las caderas y se ponían unas ajustadas playeras por arriba del ombligo, que en conjunto no hacían otra cosa que resaltarles poderosamente la panza y las lonjas. Las imaginaba vestidas a la usanza tradicional de las comunidades indígenas de donde provenían y de inmediato recuperaban belleza y dignidad ante sus ojos. El trueque de la elegancia, originalidad y la hermosura de su ancestral vestimenta por la uniformidad de la ropa importada, fabricada en serie, carente de pasado y planeada para dar estatus a quien la portaba convertía a esas mujeres en usurpadoras. Al verlas Lupita se preguntaba ¿por qué se cortaban las trenzas y se hacían permanente igualito que el de "La Mami"?, ¿por qué se vestían de esa manera que en nada les favorecía?, ¿por qué hacían tanto esfuerzo por aparentar lo que no eran?

QUINIENTOS AÑOS ANTES

Se castigaba con cien azotes, una multa de cuatro reales o con la prisión a aquellos que vistieran trajes indígenas. Los españoles habían prohibido su uso después de la conquista pues consideraban que los indígenas tenían que asumir una nueva manera de hablar, de vestir, de comer y de actuar bajo sus órdenes. A todos aquellos que obedecían les era permitido vestirse y alhajarse a la usanza española, como recompensa por su sometimiento a las nuevas leyes.

▲▲▲▲▲▲▲▲▲▲▲▲▲▲▲▲▲▲▲▲▲▲▲

Por su parte, las jovencitas que Lupita criticaba comentaban entre ellas lo apretado que le quedaba a Lupita su uniforme y su chaleco antibalas. Así que estaban a mano. Todos ellos esperaban ser recibidos por el licenciado Buenrostro, y Lupita escuchaba con atención lo que susurraban tratando de aguzar el oído al máximo porque estaban hablando en voz baja.

—¿Y "La Mami" qué dice de esto?

—No, pues está muy encabronada, nosotros no estamos jugando… ahora no me van a salir con que el licenciado Larreaga no recibió su parte.

—¿Pero tú se la diste al delegado en sus manos?

—Pus claro, cabrón, en efectivo y dentro de una caja de zapatos, ¡como siempre!

Lupita tenía un nudo en la garganta. Se negaba a creer lo que estaba escuchando. De pronto sintió una oleada de indignación que la impulsó a salir en defensa del delegado.

—Oiga, ¿le puedo pedir de favor que mida sus palabras? El cuerpo del licenciado Larreaga aún está en la morgue y ¿usted ya lo está difamando? Un poco de respeto, ¿sí?

—Pues con todo respeto le pido que no se meta en lo que no le importa, ¡meona de quinta!

—¡Meona tu abuela, pendejo!

—Pues sería meona pero no corrupta como tu delegado.

—Corrupta la "Mami", ¡tu jefa!

—¿A ti te consta que es corrupta?

—Sí.

—¿Y entonces por qué no la denuncias, mujer policía?

—Porque no soy pendeja, porque de nada serviría mi denuncia. ¿O tú denunciarías a Caro Quintero? No seas imbécil.

En ese momento todos guardaron silencio. Por el pasillo entró la señora Selene, ahora viuda del delegado acompañada por Inocencio, el chofer. Los vendedores ambulantes se pusieron de pie e hipócritamente le dieron su más sentido pésame. Selene agradeció con un leve movimiento de cabeza. Vestía de negro y traía lentes oscuros. Inocencio cargaba una caja que Lupita presumió que contenía pertenencias personales del delegado que su esposa acababa de recoger de la oficina contigua a la de donde se encontraban y que pertenecieron a su esposo. Cuando iba de salida, la señora Selene se dio cuenta de la presencia de Lupita y se acercó a ella.

—Buenos días.

—Buenos días, señora. Lo siento mucho.

—Gracias. Le quiero agradecer que estuvo cerca de mi marido hasta que llegó la ambulancia.

—De nada, era mi deber.

—Oiga, ¿me dicen que usted guardó su celular?

—Sí señora, pero ya lo entregué a las autoridades.

—¡Ah! Bueno, muchas gracias por todo…

—Al menos su esposo le pudo decir que la quería mucho antes de morir.

—¿Perdón?

—Sí, por el celular… ¿no lo escuchó?

La señora Selene giró su rostro, levantó sus lentes por un segundo y miró a Lupita con ojos de dolor.

En ese instante Lupita supo que era cierto que el delegado le era infiel a su esposa. Le bastó sólo una mirada para descubrirlo. La mirada que vio en el rostro de la señora Selene era la misma que ella había visto en los ojos de su madre cuando ésta descubrió que su esposo, el padrastro de Lupita, había abusado de su hija. Era la misma mirada que ella había visto frente al espejo del baño donde se había refugiado después de descubrir a Manolo, su esposo, acariciar lascivamente los incipientes senos de su ahijada en un baile de quince años. La niña tenía apenas once años y bajo su vestido se empezaban a notar unos círculos duros. Manolo, en estado de ebriedad, la había abrazado por la espalda y se había puesto a acariciarle sus chichitas con verdadera lujuria. Cuando Manolo se vio descubierto soltó a la niña de inmediato y la niña toda asustada corrió al otro extremo del patio. Las nauseas obligaron a Lupita a refugiarse en el baño y fue ahí que vio esa mirada de dolor en su propio rostro.

—Perdón, ¿dónde queda el baño?

—Por acá, señora, permítame acompañarla.

Lupita se ofreció a llevar a la señora pero Inocencio le dijo:

—No se preocupe, yo la llevo. Muchas gracias.

Lupita los vio alejarse en dirección a los sanitarios con lágrimas en los ojos. En ese momento, el licenciado Larreaga se desplomó del pedestal en donde Lupita lo tenía ubicado. Las evidencias, al menos en lo referente a su relación matrimonial, lo mostraban como un marido infiel. ¿Qué tal que el licenciado además de haber engañado a su mujer también había cometido actos de corrupción? Significaría que Lupita se equivocaba. Que no siempre tenía la razón. Que catalogaba a las personas de acuerdo con sus propios anhelos, no con la realidad y eso dolía un chingo. ¡Uta, cómo dolía! Sobre todo porque Lupita ya no se podía fiar de sus apreciaciones para brindar su confianza a nadie, ¡mucho menos a ella misma!, que había recaído en las drogas una vez más a pesar de haber prometido ante la tumba de su hijo que no lo volvería a hacer. Si ya no podía confiar ni en su palabra, ¿qué podía esperar del mundo?

La voz de la secretaria del licenciado Buenrostro interrumpió sus cavilaciones. Llamó a Lupita por su nombre y la invitó a pasar a la oficina.

—Buenos días Lupita, tome asiento por favor.

—Gracias licenciado.

—Oiga, pues es que me mandaron una copia del retrato hablado que usted realizó y parece tratarse de un artesano que tiene un puesto ambulante donde vende artículos de obsidiana. ¿Está segura de que traía expansores de obsidiana en las orejas y un bezote en el labio inferior?

—¿Un bezote?

—Sí, es una especie de *piercing* pero en lugar de usar un anillo de metal se ponen un objeto puntiagudo.

—Pus sí, así era el que ese hombre traía…

Lupita duda entre decirle que la noche anterior se topó con él en el salón de baile o guardar silencio. Decide quedarse callada porque al revelar esa información se pondría en evidencia como la peor mujer policía del mundo.

—Bueno, pues eso es todo, muchas gracias. Y no es que la corra, pero tengo a mucha gente que atender.

—Sí, ya lo vi. Hasta luego licenciado.

Lupita sale de la oficina y se encamina a la puerta de salida de la delegación cuando ve venir en la misma dirección pero en sentido contrario a don Carlos, su padrino de Alcohólicos Anónimos.

Lupita da la media vuelta y se dirige hacia una la salida que se encuentra en la parte trasera y sólo es utilizada por personal autorizado. Camina lo más rápido que puede, tratando de no llamar mucho la atención.

De ninguna manera podía enfrentarse con su padrino con el aliento alcohólico que se cargaba. Lo que es la vida: hace dos días hubiera dado lo que fuera por hablar con él pero ahora, ¡ya para qué!

Don Carlos tenía horas buscando a Lupita. Se había enterado por los periódicos de lo sucedido y quería darle su todo su apoyo. Lo que más le preocupaba era pensar que Lupita lo hubiera estado buscado y que él no hubiera podido brindarle ayuda. Días antes lo habían asaltado y le habían robado su celular, así que si Lupita le habló por teléfono definitivamente no pudo localizarlo. Don Carlos sabía del impacto que este tipo de eventos provoca en el alma de un enfermo emocional y quería aminorar, en la medida de lo posible, el dolor que Lupita debía estar sintiendo.

A Lupita le gustaba observar el cielo

A Lupita le gustaba observar el cielo.

Contemplar detenidamente la trayectoria de los astros. Reflexionar sobre la manera en que un planeta se oculta detrás de otro durante su recorrido. Desde la muerte de su hijo, cuando pasó la noche observando cómo se proyectaba su propia sombra sobre el rostro del niño, el fenómeno de los eclipses la intrigaba. Era muy impactante presenciar la desaparición de un astro y luego su renacimiento en la bóveda celeste. El que uno deje de ver algo o a alguien no significa que el objeto observado haya desaparecido por completo. A veces uno está y a veces no está. Para Lupita era un fenómeno parecido al de las borracheras. Los que han visto la mirada de un borracho lo entienden bien. En el fondo de esos ojos aparece otra persona, misma que desaparece cuando el borracho en cuestión recobra el sano juicio.

Regresar al cuerpo después de una larga borrachera era muy molesto. El malestar que se experimenta durante las crudas en verdad es infernal, sin embargo, a Lupita sin saber por qué, había una parte del proceso de recuperación que le agradaba. Lo vivía como un renacer.

🦋 LUZ VS. OSCURIDAD 🦋

La creación del sol por parte de los dioses fue indispensable para el surgimiento y sostenimiento de la vida. En la antigüedad consideraban que en los cielos se libraba una batalla diaria entre la luz y la oscuridad. Si la negra noche triunfaba, la vida de la especie humana corría peligro. Los seres vivos, como parte activa del universo, debían reconocer el movimiento de los astros dentro de sus cuerpos y convertirse en guerreros de luz para vencer a la oscuridad. Si en su lucha interna la luz salía vencedora, el sol se renovaba, ya que esa lucha de fuerzas opuestas en el cielo es algo que sucede adentro y afuera, arriba y abajo. Los que se dedicaban a observar el curso de los cielos y sabían que eran parte de los astros, se convertían en dioses, se convertían en sol renaciente.

▲▲▲▲▲▲▲▲▲▲▲▲▲▲▲▲▲▲▲▲▲

Cada vez que Lupita se embriagaba una parte de ella desaparecía. Y cuando Lupita no estaba en ella, no sabía dónde estaba. Forzosamente debía haber un lugar en donde ella permanecía mientras se le pasaba la borrachera, pero la pregunta era ¿dónde? ¿Había dos Lupitas?, ¿una sobria y otra peda? Si era así, debía haber dos mentes, una cuerda y otra demente que gobernaban a cada una de las Lupitas. ¿Se podía decir que la mente cuerda se quedaba en la banca descansando mientras que la otra se embriagaba? ¿Es por eso que al recobrar el juicio la mente cuerda no guardaba memoria de lo que la mente demente había ordenado que se hiciera y se dijera? Lupita no lo sabía pero le ilusionaba saber que había una parte de ella que permanecía intacta, ignorante de los desmanes que su cuerpo realizaba cuando estaba fuera de control, o sea, había una Lupita que permanecía inocente, pura. Una Lupita a la que desearía se le diera la bienvenida a este mundo en vez de que se le insultara por haberse emborrachado.

Lupita abrió los ojos lentamente y con sorpresa descubrió que era observada por miles de estrellas. Por un instante ese espectáculo celeste le robó el aliento, pero de inmediato el dolor de todo su cuerpo se apoderó de ella. No había un solo hueso que no le doliera. El dolor era tal que lamentó haber regresado de donde andaba. Sintió el frío de la madrugada. No sabía en dónde se encontraba. De lo último que tenía memoria es que al salir de una de las últimas cantinas que visitó, se encontró con que en la calle se estaba realizando un operativo en contra de los vendedores ambulantes que estaban instalados en el Jardín Cuitláhuac. Aparentemente el jefe de seguridad pública había dado la orden de buscar al artesano que Lupita había identificado como sospechoso por medio de un operativo sorpresa. La verdad es que estaban aprovechando la acusación de Lupita como mero pretexto para desalojar a todos los ambulantes del jardín y con ello lograr que la Fiesta de la Pasión resultara mucho más organizada y lucidora. Los comerciantes, comandados por la "Mami", habían reaccionado en contra de los policías con lujo de violencia.

Ese día Lupita, en vez de hacer la visita a las siete casas, se dedicó a visitar siete cantinas para pedir en cada una de ellas que el Cristo en la cruz la ayudara a dejar de beber. Sonaba un poco absurdo pero para ella tenía sentido. Lupita venía saliendo de la séptima cantina e iba rumbo a la comandancia cuando se topó de frente con los inconformes. Recordó estar parada frente a la "Mami" y haberle dirigido una mirada retadora… después de eso no recordaba nada y de pronto se encontraba ahí, golpeada y tirada a medio campo.

La laguna mental cubrió de bruma todo lo aconte-cido entre "La Mami" y Lupita. Pasarían muchos años antes de que Lupita recordase que insultó y amenazó a la "Mami" enfrente de todos. Envalentonada por la bebida, dejó salir toda la rabia que guardaba en su interior.

—¡Pinche Mami culera! Ahora sí te va a cargar la chingada.

—¿Me hablas a mí, pendeja?

—Sí, ¿qué, hay otra "Mami" culera por aquí?, ¿otra "Mami" ratera, corrupta, hija de la chingada, dueña de narcotienditas?

—Te estás pasando, pinche naca, ya bastante alboroto has armado al denunciar a una de mis gentes, así que cá-llate la boca y no hables de lo que no te consta.

—¡Claro que me consta!, ¿sabes qué? En mi celular traigo la prueba de que tú eres la que surte de droga a toda la delegación. ¿Cómo ves, pendeja?

La "Mami" derribó Lupita de un golpe como única respuesta. Ya en el piso le propinó unas buenas patadas. A partir de ahí se organizó una trifulca en la que participa-ron varios comerciantes y elementos de la policía. Entre la confusión del momento y la gritería nadie supo cómo fue que a la "Mami" le enterraron un cuchillo de obsidiana en el cuello y comenzó a desangrarse. Una ambulancia se la llevó al hospital y a Lupita quién sabe quién se la llevó a tirar al sitio en donde de encontraba.

El silencio era total. Sólo se escuchaba el canto de grillos y cigarras. Lupita trató de levantarse y no pudo. Trató de ubicar el lugar en el que se encontraba pero tampoco pudo. La oscuridad se lo impidió. Buscó en el interior de su brassiere su celular y lo encontró. Siempre lo guardaba en ese lugar porque ya varias veces se lo habían robado en el metro y su enorme par de tetas le permitía ocultarlo totalmente. Afortunadamente aún tenía pila. Marcó el número de Celia. No tenía a nadie más a quién llamar. Rápidamente obtuvo respuesta.

—¿Lupe?

—Sí.

—¡Puta madre!, ¡qué susto me pegastes!

—¿Por qué?

—Pus porque nadie sabía de ti… ¿dónde estás?

—No sé, está muy oscuro.

—Bueno, falta muy poco para que amanezca… espérate ahí y vamos a ver si reconoces algo.

A Lupita le conmovió mucho la actitud de Celia. Se le escuchaba muy preocupada. Parecía que ya había olvidado su enojo y la trataba como si nada hubiera sucedido entre ambas. Lo que Lupita ignoraba es que el cambio radical de conducta de Celia se debía a que en la televisión habían pasado la reyerta que un día antes tuvo lugar entre los ambulantes y la policía y vio cómo en determinado momento, a Lupita le dieron tremendo madrazo en la cabeza utilizando para ello un trozo de madera que el vecino que iba a interpretar a Dimas durante la fiesta de la Pasión estaba transportando… Después del golpe, alguien arrastró a Lupita, que aparentemente sufrió un desmayo, fuera del alcance de la cámara y Celia ya no supo más de su amiga. Por la tarde, el hijo de Celia llegó a visitarla y la dejó muy preocupada. Miguel, el hijo de Celia, era mesero. Trabajaba para un servicio particular de banquetes a domicilio. Una noche atrás, la "Mami" había dado una fiesta en su casa adonde él fue contratado. Por lo general los meseros son gente que goza de invisibilidad. Nadie los toma en cuenta. Escuchan todo tipo de pláticas y confidencias mientras realizan su labor. Dos noches antes de los eventos que se estaban transmitiendo por la televisión, la "Mami" ofreció una cena en su casa en honor al licenciado Hilario Gómez, donde se anunciaba su posible candidatura para ocupar el cargo de jefe delegacional. La "Mami" le dio públicamente su espaldarazo. En una las conversaciones del evento, Miguel escuchó a la "Mami" y al licenciado Gómez comentar sobre los recientes acontecimientos y aprovechó para despotricar en contra de Lupita:

—Oiga, licenciado, ahí le encargo que me ayude con el asunto de los comerciantes. El retrato hablado que hizo la tal Lupita me perjudicó bastante. Ya ve que el licenciado Buenrostro se ha aprovechado de eso para quererme sacar del jardín y precisamente durante las fiestas que es cuando más vendemos. No se vale…

—No se preocupe, ya tomé nota.

—Se lo encargo mucho, y por ahí de pasadita a ver si le da un coscorrón a la mujer policía para quitarle lo pinche argüendera.

—Le repito que no se preocupe, estamos para ayudarnos, ¿no?

Lupita de espaldas sobre la tierra no dejaba de mirar el cielo a pesar de que el malestar que experimentaba la hacía arrepentirse de todos sus pecados. ¿Qué podía haber hecho para merecer esto? O más bien, ¿qué no había hecho? Si no hubiera estado tan peda el día anterior no habría pasado por alto todos los signos que se presentaron ante ella y que no pararon de advertirle que algo malo iba a suceder. Su mamá le enseñó a interpretarlos desde que era una niña pequeña. Lupita sabía que cuando el fuego en la estufa lloraba una desgracia se avecinaba. ¿Cómo era posible que hubiera pasado por alto el parpadeo del fuego cuando calentó su café? Sobre su mano sentía caminar a varias hormigas que iban echas la chingada. Eso significaba que estaba en el campo y que la labor apremiante de las hormigas anunciaba la llegada de una fuerte lluvia en breve. ¡Nada más eso le faltaba! Trató de levantarse para vomitar pero una de sus piernas no la sostuvo y cayó. Al parecer tenía una pierna rota y por el dolor intenso en su tórax, alguna costilla también. Trató de ponerse en cuclillas y apoyó sus manos sobre lo que parecía un cadáver que se encontraba a su lado. Lupita ya no pudo contener la náusea y vomitó en medio de un gran dolor. Cuando las arcadas cesaron se dejó caer nuevamente sobre la tierra. Un miedo enorme la invadió. Si ella se encontraba al lado de un cadáver es porque los habían tirado juntos, dándolos por muertos. Lo cuál significaba que su "renacer" iba a representar una amenaza para alguien. Cuando una persona se interpone en el camino de otra no es extraño pensar "cómo no se muere ese hijo, o hija, de la chingada". Ella lo había pensado varias veces. La primera vez con su padrastro. Luego con su marido. Luego con la "Mami" y luego… bueno, no valía la pena detenerse en ese punto. El caso es que había alguien que la daba por muerta y que estaba tranquilo con su aparente muerte. ¿Por qué? ¿Cuál era el peligro que ella representaba? ¿Con qué planes podría interferir? ¿Quién ganaría algo con su muerte? Lo único que le venía a la mente era el hecho de ser testigo de la extraña muerte del delegado. De ahí en fuera no tenía la menor idea. Bueno, siendo sincera, Hilario Gómez, el jefe de asesores, aún debía de estar muy furioso con ella por lo de la ventaneada que le había dado, pero no era para tanto, ¿qué riesgo podía representar ella en su vida si ya todos sabían que se depilaba la espalda?

❧ TEZCATLIPOCA vs. QUETZALCÓATL ❧

El dios Tezcatlipoca "Espejo Humeante", junto con su hermano Quetzalcóatl "Serpiente Emplumada" fueron dos de las deidades aztecas más importantes dentro de la mitología de la creación. Tezcatlipoca mantenía una rivalidad con su hermano Quetzalcóatl debida a grandes diferencias de pensamiento. Quetzalcóatl se oponía a los sacrificios humanos y Tezcatlipoca creía que eran necesarios para el sostenimiento del sol, de la vida. En una ocasión, Tezcatlipoca se disfrazó de anciano y se presentó ante su hermano para

ofrecerle pulque, una bebida sagrada. Quetzacóatl cayó en la trampa, bebió y se embriagó. En ese estado
quebrantó todas las leyes que él había impuesto a su
pueblo, incluso fornicó con su propia hermana. Aver-
gonzado de su actuar se retiró de la ciudad que había
fundado. Caminó en dirección del Este, rumbo a donde surge el sol cada mañana. Al llegar al mar, se em-
barcó y navegó hasta encontrarse con el sol en el
horizonte. Ahí, en el punto en que los cielos y las
aguas se unen, se fundió con el astro solar, recuperó
su lado luminoso y se convirtió en Venus, la Estrella de
la Mañana, la que diariamente abría el camino al sol
para que pudiera resurgir de la oscuridad. Después de
la conquista, los frailes se encargaron de teñir con
símbolos cristianos la figura de Quetzalcóatl.

Lupita nunca supo en qué momento empezó a tener compañía ni cómo era posible que ella pudiera ver claramente
en medio de una total oscuridad pero el caso es que ante
sus ojos aparecieron guerreros pertenecientes a uno de
los primeros grupos originarios de Iztapalapa. Portaban
su trajes de pieles y sus penachos de plumas. Uno de ellos
tenía un bastón de mando y la miraba fijamente. Todos
se veían tristes y enojados. Por un momento pensó que
estaba alucinando. Ni en sus tiempos de peyote había tenido una visión tan clara. Ninguno de ellos hablaba porque tenían los labios unidos por unas puntas de maguey
que se los atravesaban pero Lupita sentía sus palabras en

el interior de su cabeza. Los guerreros le comunicaron que estaban muy enojados. Habían recibido la orden de rendirse ante los españoles y nunca se atrevieron a desobedecerla. Se les dijo que los recién llegados a estas tierras venían en representación del dios Quetzalcóatl. Ellos nunca estuvieron de acuerdo con Moctezuma pero lo obedecieron. Ahora vagaban como almas en pena porque nunca pudieron defender a sus hijos, a sus mujeres, a su raza. Y como sabían que Cortés y sus soldados nunca iban a entender su cultura se habían sellado los labios para no hablar de la grandeza y sabiduría de su gente. Prefirieron guardar silencio eternamente. Lupita comenzó a escuchar el sonido de tambores de guerra que marcaba un ritmo acompasado. Sus sienes sentían que iban a reventar con el impacto del sonido. Todo su cuerpo comenzó a pulsar al unísono del tambor. Escuchó unos cantos en lengua náhuatl y muchas voces repitiendo al mismo tiempo: "llegó la hora de hablar, llegó la hora de sanar, escucha nuestra lengua, las palabras de nuestros antepasados son cántaros que contienen el conocimiento de los cielos, son plantas que curan el alma, escúchalas, deja que el sol entre en tu corazón, el sol ya va a nacer para todos y tú tienes que ayudar a su alumbramiento, fuiste elegida por el cristal, no tengas miedo, el sapito te guiará…".

Lupita cerró los ojos fuertemente y se tapó los oídos. ¡Puta madre! ¡Qué tipo de droga se habrá metido para tener esas alucinaciones! Pensó que se estaba volviendo loca. Ella había escuchado que en Iztapalapa existía un lugar donde se aparecían ese tipo de personajes pero nunca quiso darle crédito a la gente que lo mencionaba. Sin embargo ahí estaba ella, viendo y escuchando, con el corazón totalmente acelerado.

Por fortuna los primeros rayos de sol comenzaron a alumbrar el lugar en donde se encontraba y Lupita pudo volver poco a poco a la realidad. Las voces y presencias desaparecieron lentamente. Los cantos indígenas se fueron mezclando con un coro de iglesia que cantaba un poema de santa Teresa, "el alma es de cristal, castillo luminoso, perla oriental, palacio real con inmensas moradas donde morar". Lupita controló su respiración y trató de enfocar la vista. Las voces desaparecieron. Los primeros rayos de sol eran muy poderosos. En ese momento Lupita hubiera dado su reino por un par de lentes oscuros. La tremenda cruda que se cargaba no le permitía adaptarse a la luz solar. Con los ojos entrecerrados Lupita observó el paisaje. Se encontraba en pleno campo cerca de la cueva del Águila, una caverna ubicada en la cima del Cerro de la Estrella. Rápidamente encendió su celular y procedió a darle a Celia la ubicación del sitio.

Mientras esperaba la llegada de su amiga observaba al hombre que yacía a su lado y de inmediato le quedó claro por qué la querían dar por muerta. El cuerpo correspondía con la descripción que ella dio sobre el sospechoso de haber causado la muerte del delegado. Sus colegas de seguro pensaban dar por resuelto el "asesinato" del licenciado Larreaga con el hallazgo del cadáver de ese hombre y el de Lupita. La explicación que de seguro iban a dar es que fue un ajuste de cuentas entre narcomenudistas y que Lupita era un miembro corrupto de la corporación policiaca. El Poder Judicial siempre busca encontrar alguien que pague el delito cometido, pero no le interesa detener al que en verdad lo cometió. Y para lograrlo cuenta con una imaginación sublime.

Bueno, si años atrás fueron capaces de asegurar que el asesinato de Colosio, un candidato presidencial, había sido la obra de un asesino solitario cuando recibió más de dos balazos y las balas que eran de distintos calibres procedieron de diferentes direcciones, ¡qué no iban a decir ahora!

Todas sus sospechas fueron confirmadas por Celia, que en medio de una fuerte e inesperada lluvia, llegó a recogerla. De inmediato puso a Lupita al corriente de los últimos acontecimientos mientras la trasladaba al interior del automóvil auxiliada por su hijo Miguel. Con lujo de detalles le informó que la "Mami" recibió una herida con un objeto punzocortante cerca del cuello. Igual que el delegado. Las cosas estaban muy complicadas. Los medios noticiosos señalaron a Lupita como la principal sospechosa de ambos crímenes, ya que por desgracia ella fue la única persona que estuvo cerca del delegado y de la "Mami" antes de que sufrieran la herida que al primero le quitó la vida y a la segunda la tenía al borde de la muerte. Por lo mismo ya se había girado una orden de aprehensión en su contra.

—¿Y ahora qué hacemos mana? Necesitas que un médico te revise, ¿a dónde te llevo?

—No podemos ir a ningún hospital. ¿Me podrías llevar a internar a un Centro de Rehabilitación? En Alcohólicos Anónimos mi identidad estará a salvo.

—Bueno, aparte de que…

—Párale Celia, no estoy para sermones y te juro por ésta —formando una cruz con sus dedos— que quiero sanar de mi alcoholismo sin que tú me lo digas.

—Ya... ya... ya... está bien... acuéstate en el asiento y trata de descansar, nosotros te llevamos.

Celia enciende el motor del automóvil y emprende el camino de regreso. En la carretera se cruzan con el automóvil del licenciado Hilario Gómez, el jefe de asesores de la Delegación, quien se hace acompañar por un grupo distinguido de periodistas chayoteros que de seguro van a cubrir la nota del "descubrimiento de los asesinos del delegado". Tanto Celia como el licenciado Gómez fingen demencia. Ninguno saluda al otro. Celia no le perdona que le hayan clausurado su salón de belleza y el licenciado Gómez no le perdona que haya divulgado su secreto de depilación.

Cuando el jefe de asesores llega al lugar en donde supuestamente se encuentran los dos cadáveres, descubre con sorpresa que sólo hay uno y de inmediato sospecha de Celia, la amiga de Lupita. Un muerto no desaparece solo.

Por su parte, a Celia le queda claro que el licenciado Gómez está involucrado en la muerte del hombre que se encontraba al lado de Lupita y en la agresión de la que fue objeto su amiga.

A Lupita le gustaba la soledad y el silencio

A Lupita le gustaba la soledad y el silencio.

Le llevó años aceptarlo pero en verdad le gustaba estar sola con sus pensamientos. El día en que ingresó a la prisión para enfrentar los cargos por el asesinato de su hijo, el mundo de sonidos que le era familiar quedó atrás de las rejas. Sintió como si una densa neblina de miedo silencioso invadiera sus oídos. Era un miedo que calaba hasta el tuétano. Un miedo que provocaba comezón en la uretra. Un miedo que oprimía el pecho. Ahora que Celia la internó en el Centro de Rehabilitación sintió exactamente lo mismo. El sonido seco que la puerta de su habitación hizo cuando se cerró anunciaba la llegada del silencio. Por experiencia propia sabía que cuando las voces de los padres, las risas de los hijos, los susurros de amor son silenciados por los muros de las prisiones, de los hospitales o de los centros de rehabilitación, los oídos de inmediato buscan en el aire nuevas vibraciones y empiezan a sintonizar con nuevos sonidos. En la quietud se descubre que el silencio no es silencioso. Que el sonido, como vibración, viaja, vuela, cruza paredes, se cuela entre las rejas, se expande como el latido de un corazón, como un pulso siempre constante y presente.

A Lupita le llevó muchos años de encierro descubrir que uno escucha mejor cuando está en silencio y que está mucho más acompañado en la soledad. Uno nunca está tan solo como cree. Aún cuando lo único que nos acompañe sean nuestros propios pensamientos pues ¿qué es el pensamiento sino el recuerdo de la interacción que se ha tenido con otros? En el silencio Lupita se reencontraba con los personajes más importantes de su vida. Con cuidado tomaba las hebras sueltas de su alma y las entretejía con las de sus seres queridos de manera que no se soltaran de nuevo. Conectaba con un pulso olvidado. Con un ritmo primigenio. Fue en la prisión que Lupita escuchó por primera vez su corazón. En sus noches de insomnio llegó incluso a contar cuántos latidos había entre la noche y el día y experimentando así el paso del tiempo en su persona.

Ahora nuevamente requería de tiempo para ella. De quietud. De silencio. Para recobrar a la Lupita que era. A la Lupita que ya ni ella misma recordaba. A veces se sentía como una maleta olvidada en un aeropuerto. Una maleta llena de sorpresas que nadie puede ver a simple vista. Una maleta que guarda en su interior toda una historia de vida pero que pasará desapercibida si no encuentra a su dueño para que abra el candado que mantiene oculto todo lo que guarda. Ella era la maleta y el dueño. Tenía que ponerlos en contacto para que pudiera resurgir de la oscuridad. Respirar. Respirar. Respirar.

¡Cómo le dolía respirar! El médico que la recibió y le mandó hacer unas radiografías confirmó que efectivamente tenía una costilla rota. Lo peor del caso era que ahí no había nada que hacer. Sólo vendarla y esperar a que soldara. El caso de su fémur fracturado era diferente. Le habían puesto un yeso en la pierna que la obligaba al reposo. Las fracturas de su alma requerían de otro tiempo y de otro medicamento para sanar. Lupita lo sabía y estaba decidida a todo con tal de instalarse nuevamente en la sobriedad. La recapitulación, la reestructuración, requería de paz y el valium que le estaban administrando le invitaba al reposo y al silencio.

A la que le gustaría tener unos cinco minutos de descanso era a Celia. En cuanto llenó la hoja de ingreso de su querida amiga y la dejó en manos de los doctores, se despidió de Lupita y corrió a su casa a darse un baño. Inmediatamente después se dirigió a la casa de la vecina que iba a interpretar a María. Después de maquillarla a ella tuvo que maquillar a Poncio Pilatos y a varios extras más. Aprovechó sólo un breve intermedio que tuvo entre el arreglo a María y Poncio Pilatos para llamar por teléfono al comandante Martínez e informarle que Lupita no estaba desaparecida ni era una prófuga de la justicia, sino que estaba internada en una clínica de rehabilitación y que le urgía hablar con él.

Después corrió a casa de Judas y en el trayecto se fue enterando de que existía una gran conmoción en uno de los barrios de la delegación. El vecino que iba a representar a Judas y que había aguardado trece años en la lista de espera para participar en la obra, había aparecido asesinado en una de las cuevas del Cerro de la Estrella. Independientemente de la gravedad del caso, el suplente que tenía que interpretar el papel no se sentía capacitado para hacerlo. Carlos, el Judas asesinado, había asistido durante todo un año a sesiones de psicoanálisis con la intención de que le ayudaran a afirmar su autoestima. Durante la representación de la Pasión, la gente acostumbra agredir verbalmente a Judas. Se le gritan cosas espantosas cuando se encuentran con él en la calle y hay que tener una gran fortaleza interna y una buena preparación actoral para diferenciar entre el personaje y el intérprete.

Celia se impactó con la noticia. El Judas asesinado era el mismo hombre que estaba al lado de Lupita en la cueva de donde su hijo y ella la recogieron. Celia no se percató de nada porque se concentró en auxiliar a su amiga y no le prestó atención al cadáver que yacía a su lado. Celia conocía al Judas. Un día antes le había hecho una prueba de maquillaje y después lo había acompañado a un ensayo general donde un grupo de vecinos lo esperaba para comprobar que el arnés que lo iba a sostener por los aires después de que se "ahorcara" en el árbol, funcionara correctamente, sobre todo si se tomaba en cuenta que iba a permanecer colgado por varias horas en esa posición. Celia por su parte, quería probar que el maquillaje que iba a aplicar en su rostro aguantara el calor del sol. Ahora tenían que repetir la prueba con Don Neto, el recién asignado suplente, quien la esperaba para ser maquillado por ella. Realmente estaba nervioso. Tenía unos kilitos más que el anterior Judas y rogaba porque el arnés lo sostuviera. Nunca antes en la historia de la representación de la Pasión se había dado un caso parecido. Todos estaban sorprendidos y nerviosos. Celia más que nadie; sin embargo, su profesionalismo se impuso y cumplió con su labor puntualmente. Moría por hablar con el comandante Martínez pero quería hacerlo en persona. La información que tenía para compartir con él era muy delicada. Mientras tanto, entre la aplicación de sombras y el rímel, entre pestañas y uñas postizas, Celia no desaprovechó un solo instante del día para realizar su propia investigación. Se enteró de que la "Mami" se recuperaba en el hospital. Que el "Ostión" la había ido a visitar y que el licenciado Domínguez le había enviado un ramo de flores fenomenal deseándole una pronta recuperación. También le contaron que la "Mami" supuestamente había llegado a un acuerdo con el licenciado Larreaga en el que ella y su gente se retirarían del Jardín Cuitláhuac a cambio de que les construyeran una gran plaza donde pudieran vender sus productos. Obviamente la persona que supervisaría el reparto de puestos dentro de la plaza sería la mismísima "Mami". El terreno ideal para la construcción del proyecto hacía tiempo que estaba en pugna pues había un grupo de tradición que se adjudicaba la posesión del mismo. Dicho grupo había apoyado mucho al delegado cuando sólo era un candidato. Le contaron que Conchita Ugalde, la principal lidereza, le había organizado un desayuno durante el cual habló en nombre de los pueblos originarios y le dijo textualmente al delegado: "Le ofrecemos nuestra palabra y nuestro compromiso. Le pedimos a cambio que no nos traicione. Estas tierras son sagradas para mi gente. Permítanos darles el uso que les dieron nuestros antepasados para la transmisión de nuestras tradiciones. Eso es todo lo que le pedimos". El delegado, con lágrimas en los ojos, le dijo que sí, que por supuesto que respetaría y haría respetar esas tierras. Sin embargo, según lo que Celia escuchó más se había tardado en secarse las lágrimas que en traicionar a esa gente. Con gran diligencia expropió el terreno de cuatro hectáreas que los guardianes de tradición ocupaban y se lo ofreció a la "Mami", a quien, por cierto, le debía su triunfo en las elecciones. Sin su ayuda de ninguna manera habría podido ganar, aún sumando los votos de los guardianes de tradición. La "Mami" tenía bajo la nómina a muchos más que ellos. Poniendo las cosas en la balanza, el apoyo de la "Mami" pesaba más que el de los guardianes, así que sin pensarlo mucho, el delegado les comunicó a los guardianes de tradición que tenían que desalojar el terreno de sus ancestros. Obviamente los guardianes se enojaron mucho y se rehusaron a abandonar el terreno. Una noche aproximadamente cien personas pertenecientes a un grupo de choque intentaron desalojarlos a la fuerza y ellos se defendieron a punta de piedras, palos y algunos balazos. Los granaderos de la policía capitalina tuvieron que rodear el predio para asegurar el orden.

Toda esa información le fue proporcionada a Celia por don Lupe, el lavacoches que trabajaba para la delegación. Desde la banqueta donde enjabonaba coches, escuchaba todo tipo de conversaciones y presenciaba el movimiento de todos los miembros de la administración. Don Lupe iba a interpretar a Dimas y requería que Celia le ayudara con la colocación de una peluca. Estaba muy orgulloso porque ese año por fin se le iba a cumplir su deseo de participar en la celebración de la Pasión. Cuando Celia le estaba ajustando la peluca vio que don Lupe tenía una herida en la mano y le preguntó:

—¿Qué le pasó en la mano?

—Se me enterró una astilla.

—Pues parece que fue bien grande, oiga.

—Sí señito, y fíjese que no sé ni de dónde salió. Yo acababa de lavar el coche del delegado y tenía mi cubeta y mi jerga al ladito de donde lo mataron.

El instinto detectivesco de Celia dio señales de alarma.

—Y luego, cuando pasó el susto, pues enjuagué mi jerga y al exprimirla fue que se me clavó la astilla.

—¿Y era de cristal?

—¡Sí! ¿Cómo lo supo?

—Pues así nomás… oiga y ¿no revisó dentro de la cubeta para ver si había otra astilla?

—No señito, la mera verdad que no se me ocurrió, tiré el agua por la coladera y me fui a curarme porque sangraba mucho de mi dedo. No sabe lo difícil que fue sacar la astilla. Mi mujer me ayudó y hasta le tuvimos que pedir su lupa a la vecina porque se partía en cuanto la tratábamos de sacar.

Celia sentía que había dado con una pista importantísima y se moría de ganas de comunicárselo a Lupita pero tendría que esperar hasta el día siguiente. Lo que Celia nunca descubrió fue que durante todo el día había sido vigilada por gente del licenciado Gómez.

Lupita, en la cama del Centro de Rehabilitación, ignorante de todo lo que estaba pasando, trataba de descansar y familiarizarse con los nuevos sonidos que la rodeaban y que, por inesperados, a veces la sobresaltaban. Aún no se acostumbraba a escuchar los sonidos en la cocina, las pláticas de las enfermeras, el abrir y cerrar de puertas. De la nada, y sin que viniera al caso, comenzó a reproducir dentro de su cabeza la "Canción mixteca". No sabía la causa pero esa canción la conmovía hasta las lágrimas. Una inmensa tristeza se apoderaba de ella y no había borrachera en que no la cantara a voz en cuello:

Qué lejos estoy del suelo donde he nacido,
inmensa nostalgia invade mi pensamiento.
Y al verme tan sola y triste cual hoja al viento
quisiera llorar, quisiera morir de sentimiento.
¡Oh, tierra del sol!, suspiro por verte
ahora que lejos me encuentro sin luz, sin amor.
Y al verme tan sola y triste cual hoja al viento
quisiera llorar, quisiera morir de sentimiento…

Sólo de pensar en la canción a Lupita, como siempre, se le humedecieron los ojos. ¡Qué nostalgia le producía pensar en la tierra del sol! De visitar ese lugar paradisiaco en donde nada se necesita. A Lupita le gustaría llegar ahí sin necesidad de morir. Sería genial dar con la manera de entrar y salir de su cuerpo a voluntad sin perder la conciencia.

❧ PLANTAS ALUCINÓGENAS EN EL ❧ MUNDO PREHISPÁNICO

El uso de las plantas sagradas fue extenso dentro de los rituales practicados por los indios mesoamericanos. La tradición indígena mexicana en plantas psicotrópicas es muy antigua. Por medio de ellas se buscaba reestablecer una conexión con el Dios que habitaba dentro de uno mismo mediante un estado de trance. De ahí que se les llame enteógenas. Eran utilizadas por chamanes con el objetivo de curar enfermedades o para profundizar en sus prácticas adivinatorias. A algunas de estas plantas se les conoce como "medicina". Fray Bernardino de Sahagún, en su *Historia de las cosas de la Nueva España,* identificó diversas plantas psicotrópicas. Algunas de ellas aún se utilizan por diversos grupos étnicos. Entre las más conocidas se encuentra el peyote. Otras plantas de características psicoactivas, consideradas sagradas y medicinales son las flores del tabaco (*Nicotiana tabacum*), la flor del cacao (*Quararibea funebris*) el toloache (*Datura ferox*), el ololiuhqui (*Turbina corymbosa*) y ciertos hongos denominados teonanácatl. Todas ellas provocan diferentes reacciones: alucinógenas, inductoras de trance o delirógenas. La presencia de los chamanes dentro de los rituales garantizaba que los participantes pudieran "viajar" a otras realidades y regresar a su cuerpo sanos y salvos. La experiencia del viaje les permitía reflexionar sobre las causas de su enfermedad y de cómo recuperar la salud, les brindaba bienestar y sobre todo les proporcionaba la certeza de que dentro de ellos habitaba la divinidad.

▲▲▲▲▲▲▲▲▲▲▲▲▲▲▲▲▲▲▲▲▲▲▲

Porque eso de salir de su cuerpo de manera inconsciente tenía sus bemoles. Lupita nunca olvidaría el espanto que le causó amanecer un día en la cama con un desconocido. Y no cualquier desconocido sino uno definitivamente repulsivo. Luego de observarlo con asco por un rato, le echó un vistazo a la cama en la que se encontraba para hacer un recuento de los daños. Lo que descubrió fue aún más horripilante. Las sábanas estaban manchadas con todo tipo de fluidos y miasmas. Lo bueno es que ese mismo día se fue a internar a un Anexo. Lo malo es que al poco tiempo recayó. Fue hasta la muerte de su hijo que en verdad pudo cerrar la botella por varios años.

Ahora que de nuevo había recaído atravesaba por una situación parecida, sólo que en esta ocasión había amanecido junto a un cadáver. Ya no quería arriesgarse a que hubiera una próxima vez. Deseaba con toda el alma vivir en sobriedad y con la conciencia plena de lo que hacía o dejaba de hacer.

A Lupita le gustaba correr

A Lupita le gustaba correr.

Hasta desfallecer. Hasta que dejaba de sentir dolor en sus piernas. Hasta que trascendía toda sensación corporal y entraba en trance. De joven acostumbraba ir a correr todos los fines de semana pero hacía tiempo que su trabajo le impedía realizar esta actividad de manera regular. Correr siempre fue una manera de escape. Le permitía huir de la realidad, de una manera más sana que la que le ofrecía el alcohol. Con la bebida perdía todo contacto con su cuerpo, corriendo lo recuperaba, aunque al final terminara por perderlo nuevamente al entrar en un estado alterado de conciencia. Correr le brindaba una sensación total de libertad. Por lo mismo le molestaba estar prisionera. Atada. Limitada en sus movimientos. Tenía conectado el suero en su mano izquierda y ya le había comenzado a cansar. Cuando recién se internó, agradeció enormemente cada gota de suero que entró a su torrente sanguíneo pero ahora que experimentaba una franca mejoría, ese cordón umbilical artificial le provocaba sentimientos encontrados. Por un lado le agradaba saber que por medio del suero obtenía todo lo que su cuerpo necesitaba. Era agradable remitirse al momento en que su madre le brindó el sustento por medio de un cordón que unía sus cuerpos. Pero por otro lado, su condición actual la obligaba a mantenerse quieta si es que quería seguir conectada a un cordón que la nutría pero le limitaba sus movimientos. No podía mover su brazo a su antojo. No podía deambular como quisiera. Tenía que estar unida al suero. Ir al baño con él. Dormir con él. Bañarse con él.

Para colmo, el yeso que tenía en su pierna fracturada era un doble impedimento. Lupita ya no sabía ni cómo acomodarse en la cama. Su cuerpo le pedía a gritos que cambiara su posición, pero ella no podía cumplir con esa orden a plenitud. Nuevamente se sentía prisionera pero ahora de su enfermedad. Lo peor es que se trataba de un padecimiento que ella misma se provocaba. Nadie le puso un cuchillo en el cuello para que fuera de cantina en cantina. Nadie la forzó a insultar violentamente a todo el que pudo, incluyendo a la escalofriante "Mami". Nadie le torció el brazo para atascarse de cocaína. Fue una decisión propia. ¿Originada por su enfermedad emocional no resuelta? Sí, tal vez, pero el caso es que ella y nadie más que ella era quien decidía la forma de enfrentar sus problemas. Si alguien escribiera una reseña de nota roja sobre su caso en particular, con toda autoridad podría hablar de la existencia de una asesina solitaria, o sea, de ella misma como la responsable de todo. Curiosamente eso mismo es lo que trataban de hacer los responsables de la investigación de la muerte del delegado. Por la mañana había aparecido una nota en el periódico donde ahora se daba a conocer una nueva versión de los hechos. Según ellos, el delegado se había suicidado con un cuter que traía escondido bajo la manga. ¿Y dónde quedó el cuter? Quién sabe. ¿Y dónde estaba la nota con la que los suicidas acostumbran despedirse? Quién sabe. ¿Y por qué se suicidó? Quién sabe. Eso era lo de menos. Lo urgente era cerrar el caso y pasar a la celebración de la Pasión sin demora, cosa que estaba sucediendo tal y como se esperaba. Las televisoras estaban cubriendo paso a paso el desarrollo de la representación. Don Neto, en su papel de Judas, hasta el momento estaba resistiendo bastante bien los insultos que le propinaban en la calle. Sólo hubo un momento en que quiso responder la agresión pero lo contuvo la vanidad. Si se liaba a golpes con un nazareno lo más probable es que la peluca que Celia le había colocado volara por los aires y no quería que su cabeza calva quedara expuesta.

Lo único bueno de toda la puesta en escena del barrio es que gracias a la enorme necesidad de que se llevara a cabo, de la noche a la mañana, Lupita había dejado de ser la presunta responsable de la agresión que sufrió el delegado. Eso la colocaba en una posición más cómoda pero aún seguía latente la posibilidad de que los que la dejaron tirada en la cueva se enteraran de que seguía con vida y vinieran por ella.

Quién sabe si fue por tanto suero o por recordar el asesinato pero a Lupita le entraron unas ganas enormes de ir al baño y la obligaron a levantarse de la cama. Llamó a la enfermera para que le ayudara pero no obtuvo respuesta. Con gran trabajo se puso en pie y se dirigió al sanitario cojeando y arrastrando el soporte del suero.

En la calle se escuchaban los sonidos constantes de los cuetes. La Fiesta de la Pasión estaba en pleno apogeo. Cada estallido reverberaba en la cabeza de Lupita con fuerza. El ruido la molestaba, pero su malestar no era más fuerte que sus ganas de orinar.

Apenas le dio tiempo de llegar al baño, en cuanto se sentó, la orina escapó de la vejiga y le produjo un gran placer. Estaba tan aliviada que nunca se enteró a qué hora el sonido de los cuetes se mezcló con el de ráfagas de metralleta. Escuchó carreras en el pasillo y gritos. El instinto la hizo levantarse y esconderse tras la puerta del baño. La puerta de su habitación se abrió de golpe y varios disparos se incrustaron sobre la cama que ella acababa de desocupar. Pasaron unos segundos antes de que escuchara algo más. Se asomó con cuidado. Desde la puerta entreabierta se alcanzaba a ver su cama. Las cobijas estaban desordenadas así que parecía que Lupita aún estaba dentro. El cuerpo de un hombre caminó hacia cama y levantó de golpe las cobijas. Descubrió que ahí no había nadie. Lupita se recargó sobre la pared y tomó la muleta para defenderse. Un pensamiento absurdo cruzó por su mente: "¡Uta, lo bueno es que me dio tiempo de hacer chis!". La puerta del baño fue abierta por medio de una patada y Lupita contuvo el aliento. En el pasillo se escucharon gritos y carreras. Alguien ordenó la retirada. Más disparos y carreras obligaron al asaltante a salir de su cuarto. Lupita se recargó sobre el soporte del suero y supo que tenía que huir. Nunca se enteró de dónde le salieron las fuerzas para salir al pasillo y dejar el hospital. Mucho menos cómo fue que evitó las balas ya que la adrenalina la empujaba a correr, pero sus piernas no le respondían.

A una cuadra del hospital se unió a un grupo de nazarenos que caminaba en procesión. Se dirigían hacia el

Cerro de la Estrella donde tendría lugar la crucifixión de Cristo. A Lupita nunca le había emocionado mucho la fiesta. La respetaba porque era parte de su tradición pero hasta ahí. Ese día todo adquirió un nuevo significado para ella. Se unió a la procesión porque no le quedó de otra. Todos iban vestidos con largas túnicas y ella con una bata de hospital pero tal parecía que a nadie le importaba. Consideraron que era una nueva manera de participar en la fiesta de la Pasión y que el tripié de donde se colgaba el tubo del suero significaba otra cruz que cargar. Lupita trataba de arrancarse el tubo del suero pero le costaba trabajo mantener el equilibrio en un solo pie y al mismo tiempo arrancarse la tela adhesiva que mantenía a la aguja en su sitio. Tenía que desconectarse a como diera lugar para poder moverse con mayor libertad, o al menos eso pensaba ella, aunque era obvio que el tripié de alguna manera le ofrecía un buen sostén y no era buena idea deshacerse de él. Cuando por fin se retiró la aguja se desplomó en el piso. El dolor de la pierna era intenso. La gente pasaba a su lado sin prestarle atención. Cada quien iba en lo suyo. Orando y ofrendando la caminata al Cristo en la cruz.

Lupita, al verlos, deseó con toda el alma tener su misma fe. Ella la había perdido muy niña. Justamente el día en que su padrastro la violó. ¿Dónde estaba Dios esa mañana? ¿Por qué permitió que eso le sucediera? Desde entonces no lo perdonaba y se había alejado por completo de la religión. Uno de los requisitos para entrar a A.A. era rendirse ante un poder superior. Lupita lo hizo, pero nunca en términos religiosos. Hablando con honestidad, en verdad nunca se había rendido ante un poder superior, pues no entendía de qué se trataba. Sin embargo esa mañana, al desconectarse del suero, le urgió conectarse con algo más allá del cuerpo que la sostuviera con vida. De niña había escuchado que en el centro de la cruz es donde se encuentran los cuatro vientos y que ahí radica el espíritu de las cosas. A Lupita le gustaba pensar que el Cristo en la cruz nunca había experimentado dolor alguno porque al momento en que lo clavaron al madero su alma emigró al centro de la cruz. A ese lugar fuera del tiempo en donde se instalaban todos los que salían de su cuerpo. Era el lugar que ella buscaba con tanto afán en sus borracheras. Era un lugar en donde no se experimentaba sufrimiento. Ahí es donde ella quería ir. Definitivamente el dolor físico invitaba a la elevación del espíritu. El cuerpo, cansado de sufrir, quería dejar de lado todas sus dolencias y descansar.

Lupita recargó su cabeza entre sus piernas y se rindió. Pidió a quien fuera que estuviera en un nivel superior que le permitiera reposar en el centro. En el espíritu. En donde hubiera paz. En donde hubiera luz. Luz. Luz.

❧ CERRO DE LA ESTRELLA ❧

En la cumbre del Cerro de la Estrella, denominado Huizachtépetl por los aztecas, era donde desde la época prehispánica se buscaba la luz, se anhelaba la luz, se veneraba la luz mediante la ceremonia del Fuego Nuevo. El cerro se encuentra a 2 460 metros sobre el nivel del mar y desde su cima se puede apreciar todo el Valle de México. Mediante el encendido del fuego se renovaba la idea del fin de un ciclo solar y el comienzo del otro. La ceremonia requería un sacrificio humano.

▲▲▲▲▲▲▲▲▲▲▲▲▲▲▲▲▲▲▲▲▲

Lupita observó que los nazarenos en la calle se detenían. Había llegado la hora en que el Cristo era crucificado. El ambiente en el Cerro de la Estrella era imponente. Conmovedor. Todos los asistentes guardaron absoluto silencio en el momento en que Cristo moría en la cruz. En ese preciso instante, todos aquellos que habían hecho la procesión cargando su propia cruz la levantaron al mismo tiempo. Lupita cerró los ojos y se dejó contagiar por la fe que la rodeaba. Sintió que una enorme paz la inundaba. Una claridad se apoderó de su mente y la hizo sentirse reconfortada. Si en ese momento moría, moriría en paz. Si una bala se atravesaba en su camino, ¡bienvenida! No sabía a qué atribuirlo pero tenía por primera vez la certeza de que la muerte no existía. Que en el centro del universo todo confluía. Todo se reencontraba. Todo tomaba forma una y otra vez en un ciclo eterno y continuo.

Se alejó del mundo por un momento. No escuchó las sirenas acercarse al Centro de Rehabilitación. No supo que a su lado pasaron huyendo unos sicarios. No supo nada aparte de que desde el centro de su corazón una hebra invisible se había elevado al cielo y se había logrado conectar con el corazón del cielo. Ese hecho era tan contundente que lo que sucedía a su alrededor pasó a segundo plano. Ya no escuchó nada. Ya no vio nada. Ya no le importó nada. No supo que un sicario se detuvo momentáneamente frente a ella y que le disparó. No se enteró de que el tripié del suero le salvó la vida al interponerse entre la bala y ella. Sólo abrió los ojos alarmada por el sonido del disparo y fue ahí cuando vio que Tenoch, un hombre con extensores en las orejas y un bezote en el labio, la protegía de la agresión del sicario, la tomaba entre sus brazos y la ayudaba a huir del lugar que para entonces se había convertido en un caos.

Lupita no ofreció resistencia alguna. Se dejó guiar de la mano de Tenoch dócilmente. En la única persona que en ese momento podía confiar era en ese hombre, desconocido para ella.

A Lupita le gustaba sembrar

A Lupita le gustaba sembrar.

Tocar la tierra. Caminar descalza sobre ella. Regarla. Olerla. No había nada que se comparara con la sensación que le producía el olor de la tierra mojada. Le gustaba recorrer el campo al amanecer y descubrir qué tanto habían crecido sus plantas durante la noche. A veces le gustaba recorrer los sembradíos por las noches y aguzar el oído para escuchar el sonido que hacían las plantas mientras crecían. Ella sostenía que en el silencio incluso se podía escuchar el sonido de la cáscara de la semillas al romperse para dar paso a una nueva planta. Eso nadie se lo creía y por eso hacía años que no lo comentaba. La familia de su mamá provenía del campo y durante su niñez acostumbró pasar las vacaciones en casa de sus parientes lo cual le permitió participar en las labores de siembra. Por causas ajenas a su voluntad, se había convertido en una citadina pero si le dieran a elegir, definitivamente optaría por la vida en el campo.

Con estos antecedentes, no le había costado nada de trabajo adaptarse a la vida dentro de una comunidad indígena instalada en lo alto de la sierra de Guerrero. O al menos ése era el lugar al que le dijeron que la habían llevado. Ignoraba la ubicación exacta del sitio en el que se encontraba pero no le preocupaba en lo más mínimo. Recordaba haber pasado horas dentro de un automóvil conducido por el taciturno desconocido que casi no le dirigió la palabra durante el trayecto. A duras penas le confesó que se llamaba Tenoch y eso fue todo. Como Lupita tampoco estaba de humor como para entablar una conversación optó por recostarse en la parte trasera del automóvil y tratar de descansar. La vibración de la carrocería le indicó que primero transitaron por una autopista y luego por un camino de terracería. Ese último tramo no se lo deseaba ni a su peor enemigo. El dolor de su pierna y de sus costillas se acrecentaba con cada traqueteo del carro. Finalmente había llegado ya de madrugada a ese lugar. Tenoch apagó el motor, descendió del automóvil, abrió la puerta trasera y le ofreció su brazo a Lupita para ayudarla a bajar. Lupita le preguntó:

—¿En dónde estamos?

—En un lugar seguro.

Fue toda la respuesta que obtuvo y para Lupita era más que suficiente. Trató de observar su entorno pero una densa niebla impedía la vista a más de dos metros. Los ladridos de los perros alertaron a los habitantes del lugar de la presencia de los recién llegados. Del interior de una de las chozas salió una mujer indígena y se acercó a ellos con un sarape en la mano. Cubrió a Lupita con la cobija y gentilmente la condujo hasta el interior de otra de las chozas en donde un camastro la esperaba. Al poco rato otra mujer entró y le ofreció a Lupita una taza de té. Lupita lo bebió, se recostó y de inmediato se durmió. Por la madrugada, el frío la despertó. Al tratar de cubrirse el camastro crujió y de inmediato escuchó una voz femenina que le preguntó:

—¿Tiene frío?

—Sí.

—'Orita le calentamos un cafecito pa' que entre en calor…

Lupita supo entonces que no había dormido sola, que dentro de la misma habitación había al menos otra mujer. La oscuridad no le permitía saber si había más. Cuando la luz del amanecer se filtró por las rendijas de los tablones de madera con los que estaba construida la choza, Lupita comprobó que había compartido el mismo espacio con tres mujeres que a esa hora comenzaron a alistarse para el trabajo diario. Una de ellas comenzó a moler maíz para hacer las tortillas. Otra prendió el fuego y preparó café para todas. La última salió a buscar huevos para el desayuno.

Desde el día de su llegada, Lupita no paró de recibir atenciones y cuidados de esas mujeres que le ofrecían todo lo que poseían sin el menor reparo. En ningún momento se sintió "extranjera". El olor que despedían las tortillas recién hechas le despertó el apetito. Comió con deleite un huevo revuelto y un par de tortillas que acompañó con un café. Días más tarde se enteraría de que le dieron huevos como una consideración a su estado de salud pero que no siempre podían darse el lujo de desayunar de esa manera.

La comunidad en donde Lupita se había instalado estaba integrada por mujeres y niños. Tenoch, el hombre que la había llevado a ese lugar, había desaparecido al día siguiente de su llegada y no lo había vuelto a ver. Las mujeres estaban perfectamente organizadas y trabajaban intensamente. Lupita un día se animó a preguntarles por los hombres y ellas le explicaron que no había hombres porque se habían ido de mojados o trabajaban para los narcos. Debido a ello, la mayoría de los habitantes estaba integrada por mujeres, algunos ancianos y niños. Lupita insistió:

—¿Y los que trabajan para los narcos dónde están?

—¡Sepa! Aquí no los queremos porque nos ponen en peligro.

Las mujeres le narraron a Lupita que un día, cansadas de vivir en la zozobra, hablaron con los abuelos que integraban el concejo de ancianos y entre todos decidieron que en la comunidad no se aceptaban sicarios, traficantes de droga o borrachos y el que incurriera en estas prácticas que tanto afectaban la vida de la comunidad quedaría automáticamente expulsado de la misma.

—¿Y se fueron así como así?

—No, claro que no. Tuvimos que dar una buena pelea pero apoyó la policía comunitaria del Paraíso.

—¿Y qué tal funciona esa policía oiga?

—Ah pus re' bien, todos ellos son indígenas como nosotros y quieren lo mismo que nosotros. Naiden de ellos cobra por su trabajo y arriesgan su vida para defendernos de los abusos del gobierno, de los federales, del ejército o de los narcos. Ellos nos han enseñado a organizarnos con nuestros recursos y a defender lo nuestro. Igual que como ellos lo hicieron hace ya como dieciocho años. Ellos también estaban hartos de que en sus pueblos hubiera tanta muerte y que los narcos fueran los que fueran los meros mandamases y se organizaron pa' defenderse y pus muchos viejitos que tenían armas del tiempo de la revolución se las dieron para que mataran a los narcos y pus los mataron…

—Así como así…

—Pus sí, ¿si no cómo? Muerto el perro se acaba la rabia.

—Lo que pasa es que hay muchos perros rabiosos por ahí y están bien organizados.

—Sí, claro, y no se crea, los sicarios a veces quieren venir y meternos miedo para que sigamos sembrando droga pero cuando los vemos venir pus pedimos ayuda y de inmediato nos llegan a apoyar los compañeros.

—Para matarlos a todos, me imagino.

—Así mesmo.

—Está un poco duro, ¿no cree?

—Está pior lo que ellos hacen, mire señito, los narcos que mutilan, que torturan, que asesinan, ya no son parte de nosotros, ya no pertenecen a ninguna familia ni a ninguna comunidad, actúan contra todos, ya no sirven para nadita, en cambio cuando uno entierra a un narco, le permite de nuevo ser parte de nosotros, se convierte en polvo, en alimento, volvemos a ser hermanos. Su cuerpo disuelto en la tierra trabaja para sostener de nuevo la vida, no para destruirla.

Lupita guardó silencio ante las palabras que acababa de escuchar. Nunca nadie le había dicho algo parecido. Ese concepto sobre la vida y la muerte obligaba a la reflexión. Se preguntó qué es lo que haría Carmela si supiera que ella era una alcohólica que no pensaba en nadie más que en ella misma bajo los influjos del alcohol. Después de unos segundos preguntó:

—El que me trajo, ¿es parte de la policía comunitaria?

—¿Tenoch? ¡No, cómo cree! Ése es nuestro chamán, es quien nos sana y protege pero el alma.

—¿Y dónde está?

—Pus en la capital… ahí tiene un gran trabajo que hacer, y nosotros aquí, así que compermisito, tenemos que irnos al campo.

—Sí, sí, vayan… Oigan ¿y cómo se comunican entre ustedes para pedir ayuda? Es que mi celular ya no tiene pila y quiero hacer una llamada.

—No, pus va a tener que esperar al chamán o a su mamacita que también es chamana. Ellos van a venir a un bautizo como en quince días y ellos sí tienen celular.

Lupita se quedó reflexionando sobre la conversación que había sostenido con esa mujer indígena. Tenía noticia de la buena labor que realiza la policía comunitaria de Guerrero. Sabía que llevaban años tratando de que las autoridades reconocieran su derecho a resguardar la propia seguridad dentro de sus comunidades y de administrar la justicia de acuerdo con sus tradiciones, pero nunca había escuchado testimonios de primera mano. Definitivamente la actuación de los cuerpos policiacos conocidos por Lupita dejaba mucho que desear. La mayor parte de las veces brindaban protección a los delincuentes y a los políticos deshonestos y en muy raras ocasiones se ocupaban de la ciudadanía. Lupita deseó ser parte de una policía comunitaria. Brindar sus servicio y arriesgar su vida por una causa mejor. Era como si al dejar su uniforme de mujer policía en su casa, hubiera dejado de lado la parte negativa de su trabajo y estuviera retomando el verdadero propósito que la llevó a querer ser parte de la corporación policiaca.

Le dieron ganas de confesar ante esas mujeres que ella era una mujer policía y que si lo deseaban podía brindarles protección dentro de la comunidad. Le dieron ganas de corresponder a la amabilidad y generosidad que estaba recibiendo por medio de su trabajo pero no era el momento. En las condiciones en las que se encontraba no podía defender ni a una hormiga. Primero tenía que recuperar su condición física y sanar la parte más sensible y muy dañada de su ser. Por otro lado le agradaba vivir en el anonimato. Esas mujeres no sabían nada de ella, no la juzgaban, no la rechazaban. No sabían nada de su pasado y por lo mismo no tenían nada que recriminarle. Ante ellas era una simple mujer que necesitaba ayuda y ellas se la prodigaban a manos llenas. Lo sorprendente es que lo hicieran sin descuidar en ningún momento sus obligaciones. Funcionaban bajo la forma de organización comunitaria llamada tequio, en la cual todos los integrantes de una comunidad contribuían al bienestar de los otros por medio de su trabajo. Esta forma de colaboración era realmente buena. Nadie esperaba nada a cambio de su trabajo más allá de la satisfacción que les proporcionaba elevar la calidad de vida de todos y cada uno de los integrantes de la comunidad. Esa misma estructura era la que sostenía a las policías comunitarias en buen funcionamiento. Todo lo contrario al ambiente político y laboral en el que ella se desenvolvía, donde nadie colaboraba de manera gratuita con nadie ni daba un pan que no costara una torta. En la capital del país, era obvio que una enorme descomposición social había permeado a los partidos políticos, a las oficinas gubernamentales, a los órganos de gobierno. En cambio, en el lugar en que se encontraba, lejos de la llamada "civilización", lo único que veía desde que abría los ojos hasta que los cerraba era la contundente belleza de una sierra que por las noches se dejaba cubrir por la niebla para desnudarse por completo en las mañanas. Era un espectáculo matutino de tal belleza que conmovía a Lupita hasta las lágrimas. Consideraba un privilegio poder presenciar desde su camastro el momento mágico en el que la bruma se despejaba y las montañas aparecían ante su vista.

La naturaleza y las muestras de generosidad de esas mujeres indígenas lograron que finalmente el alma de Lupita fuese capaz de concebir un poder superior. Una energía suprema que organizaba el movimiento de los astros, que regulaba los ecosistemas y que, entre otras muchas cosas, armonizaba los ciclos de la luna con los de las mujeres.

Lupita inevitablemente fue sanando día con día al mismo tiempo que sus huesos fracturados. Cuando su pierna estuvo lo suficientemente fuerte como para sostenerla, gustaba de salir por las noches alumbrada por la luz de la luna a recorrer los campos. A pesar del horario, se ponía un sombrero sobre la cabeza pues su abuela le había dicho que la luz de la luna era igual de poderosa que la del sol y que había que tomar sus precauciones antes de exponerse a ella. Le gustaba saber que de la oscuridad de la tierra brotaba la vida. Que aunque a simple vista uno no vea lo que sucede en su interior, hay semillas que germinan, que se abren, que crecen, que serán parte de nosotros. Que hay cosas que no se ven pero que existen.

Y que así como los diputados y senadores aprovechando la oscuridad de las madrugadas habían aprobado reformas energéticas al vapor, habían llegando a acuerdos infames, cobardes e ignominiosos con tal del entregar a empresas extranjeras los recursos naturales del país, Lupita descubrió que había otro México en donde se estaban sembrando nuevas semillas, que aún no se veían pero que pronto darían fruto y de ellas surgirían otras ideas, otras organizaciones, otra hermandad.

Conforme los días fueron pasando, Lupita fue dejando de lado su necesidad de hablar por teléfono con Celia o con el comandante Martínez. No tenía caso insistir. A su celular se le había terminado la pila y ella no tenía manera de cargarlo. Punto. Así que se resignó y vivió a plenitud la experiencia de aislamiento que la vida le regalaba. Uno de los beneficios que obtuvo fue el de calmar su ansia consumista. En las grandes ciudades aunque uno no quiera entra en la dinámica de comprar lo nuevo. El último celular. El último iPad. El último reproductor de sonido. El último reproductor de películas. El último horno de microondas. Más se tarda uno en adquirir esos productos que en que pasen de moda pues ya surgieron unos nuevos modelos que es preciso comprar y desechar los viejos. Ante la imposibilidad de conseguir los nuevos aparatos uno vive en medio de una permanente insatisfacción. Ahora se daba cuenta de que en verdad valía madres tener o no tener el nuevo celular.

En su encierro involuntario, Lupita aprendió a gozar con las novedades que la naturaleza ofrecía pero que no tenía obligación de comprar. El último atardecer. Los nuevos brotes de los árboles. La primera gota de rocío. Todo era novedoso. Todo cambiaba día con día. Todo se transformaba pero de manera gratuita y al alcance de todos.

Después de veintiún días de "limpieza emocional", de no leer los periódicos; de no enterarse de los atracos de los gobernantes en turno, de no presenciar muertos ni descabezados, Lupita logró sentirse parte de un espíritu que todo lo abarca, que todo lo renueva. Y así como la niebla desaparecía por las mañanas entre las altas montañas, la densa capa de tristeza que cubría el corazón de Lupita comenzó a disiparse.

A Lupita le gustaba proteger

A Lupita le gustaba proteger.

Tal vez por eso se hizo policía. Le daba mucha satisfacción brindar ayuda en casos de emergencia. Apoyar. Cuidar. Reconfortar.

En la vecindad donde creció, sus vecinitas constantemente la buscaban para que las defendiera de peligros o agresiones que pudieran sufrir. Su amiga Celia era una de las niñas que con más frecuencia le pedía auxilio. Celia era solo tres años menor que ella pero era una niña pequeña y asustadiza. Por ejemplo, le tenía pavor a los guajolotes de doña Toña, que andaban sueltos por todo el patio y que solían picotearlas cuando ellas se ponían a correr. Al momento en que Lupita veía que los guajolotes se alborotaban, utilizaba su cuerpo como un escudo protector y con él cubría a su vecina de manera de que si los guajolotes se abalanzaban sobre de ellas, Celia quedara protegida.

Una sonrisa se dibujó en su rostro. ¡Hacía tanto tiempo que no se acordaba de sus juegos infantiles! A veces, incluso le costaba trabajo pensar que alguna vez había sido una niña risueña. Lupita tenía una risa contagiosa. Cuando niñas, a Celia y a ella les daban ataques de risa. Si doña Dolores, la mamá de Lupita, andaba cerca, le decía "Ya no se rían tanto, parecen tontas". Cosa que les provocaba aún más risa. ¡Cómo se rieron juntas! Conforme Lupita fue creciendo fue perdiendo esa alegría infantil, sin embargo seguía teniendo una risa vigorosa. Nadie podía escucharla sin unirse a ella. Claro que quien mejor la secundaba era Celia. Y con tal de reír y jugar Lupita se enfrentó varias veces con los guajolotes. Esos actos de valentía le acarrearon infinidad de picotazos, pero nunca se amedrentó. La satisfacción que obtenía al brindar su servicio de protección intervecinal era muy superior a la molestia que le dejaba el dolor en sus piernas.

Si alguien le hubiera dicho esa mañana que pronto requerirían de sus servicios de "protectora intervecinal" nunca lo hubiera creído. Hasta ese momento, la vida en la comunidad era tranquila a pesar de lo convulsionado que se encontraba todo el estado de Guerrero. Lupita ya estaba totalmente aclimatada a ella. Le encantaba que la despertaran los gallos. Escuchar el canto de los pájaros iniciando sus actividades matutinas. En especial, el de una parvada que salía de una cueva cuando los primeros rayos de sol aparecían en el cielo. Levantarse con el amanecer y acostarse temprano después de una jornada de trabajo era una bendición. Su pierna estaba soldando bastante bien. La costilla ya casi no le dolía a pesar de que sólo habían pasado veintiún días desde su llegada. Su adaptación era completa. Cualquiera que la viera no podría diferenciarla de las otras mujeres que integraban la comunidad. Vestía la misma ropa que ellas. Se peinaba con largas trenzas. Tenía los mismos rasgos físicos y el mismo color de piel. Tal vez un poco menos curtido por el sol, pero era lo de menos. Ese día en particular, Lupita podría decir que se sentía contenta. Estaba bañándose a jicarazos en el interior de una especie de jacal destinado a la higiene personal. La acompañaba Carmela, una de las mujeres indígenas con las que mayor amistad había desarrollado. Carmela la ayudaba para cuidar que no se mojara el yeso de su pierna. En el exterior del jacal, se escuchaban los sonidos habituales. Los niños jugando, las gallinas cacareando, los perros ladrando.

De pronto a Lupita le llamó la atención que los perros ladraran tanto. Recordó el día de su llegada.

—Oye Carmela, ¿crees que ya llegó Tenoch?

—Tal vez, ya ves que lo esperábamos desde ayer.

Lupita mantuvo el oído alerta. Estaba a medio vestir cuando escuchó que al ladrido de los perros lo acompañó el sonido de carreras y gritos. Lupita y Carmela guardaron silencio. Lupita observó lo que pasaba afuera por una de las hendiduras de los tablones de madera.

Un grupo de sicarios estaba jaloneando y golpeando indiscriminadamente a viejos, mujeres y niños que les estaban impidiendo la entrada a la comunidad. Lupita sintió que la sangre se le subía a la cabeza. No soportaba ver que se ejerciera el uso de la fuerza contra la población civil. Terminó de vestirse como pudo y salió tratando de mantenerse oculta a la vista de los extraños.

Era un grupo armado que no pasaba de cinco integrantes. Venían huyendo de un poblado cercano, donde se habían enfrentado a tiros con un grupo de autodefensa. Esos grupos eran diferentes a los de la policía comunitaria pero también surgieron por la necesidad de la población de defenderse ante las cuotas de protección que les imponía la delincuencia organizada y el cansancio ocasionado por las constantes extorsiones, secuestros, violaciones y homicidios que sufría su pueblo. Había una expansión de grupos de autodefensa que estaban tomando el mando en pequeñas poblaciones, recuperando el control de su tierra y la elección de sus autoridades. Incluso se estaban reinstaurando los concejos de ancianos. Muchos de estos grupos se inspiraron en la lucha zapatista que, a veinte años de su surgimiento, habían alcanzado grandes logros. Para empezar, trabajaban el campo y se abastecían ellos mismos. Contaban con veintisiete municipios autónomos y en ninguno de ellos se bebía alcohol ni se sembraban estupefacientes. Ejercían la justicia sin la intervención gubernamental. Las mujeres eran respetadas y ocupaban posiciones y responsabilidades conquistadas por ellas mismas. Dentro de su territorio, sólo ellos mandaban y decidían qué rumbo tomar.

A lo lejos se comenzaron a escuchar balazos. Lupita en un abrir y cerrar de ojos ya estaba en el centro de la acción a pesar de que no podía caminar normalmente. Utilizando el bastón con el que se ayudaba para apoyarse, golpeó en la nuca a uno de los sicarios que estaba apuntando con su arma a uno de los ancianos, mismo que mientras eso ocurría no paraba de insultarlo en lengua indígena. El tipo cayó de bruces. Lupita lo desarmó y con el fusil comenzó a disparar sobre los demás sicarios, hiriendo a dos de ellos y haciendo huir a los demás a pesar de que estaba apoyada en un solo pie. En cuanto los sicarios escaparon, Lupita se dejó caer sobre la tierra. El esfuerzo resultó demasiado para ella. Se dio cuenta de que estaba recibiendo una mirada de agradecimiento de parte de los integrantes de la comunidad. Una de las hijas de Carmela se le acercó y la abrazó cariñosamente. Lupita se sintió muy satisfecha. Y así como los demás estaban sorprendidos con su valor y la rapidez con la que había respondido al ataque, así se sorprendió ella al descubrir que el arma con la que había disparado y que el sicario que desnucó empuñaba minutos antes era un fusil Xiuhcóatl. No le quedaba claro cómo era que los sicarios poseían un arma de uso exclusivo de las Fuerzas Especiales del Ejército Mexicano. El Xuihcóatl (serpiente de fuego en náhuatl) era un fusil de asalto diseñado por la Dirección General de Industria Militar del Ejército Mexicano.

⚜ Xiuhcóatl: *serpiente de fuego, serpiente solar* ⚜

Era el arma más poderosa de los dioses mexicas. Pertenecía al dios Huitzilopochtli, quien nació de Coatlicue (la tierra). Según el mito, su madre quedó embarazada después de guardar en su seno unas plumas que encontró tiradas mientras barría. Cuando terminó de barrer buscó las plumas pero ya no estaban. Supo entonces que estaba embarazada. Sus 400 hijos y su hija Coyolxauhqui se sintieron deshonrados. No vieron con buenos ojos el embarazo de su madre y decidieron asesinarla. Se pusieron en marcha bajo las órdenes de Coyolxauhqui y cuando estaban a punto de llegar junto a su madre, nació Huitzilopochtli, se atavió con plumas finas, tomó en sus manos a Xiuhcóatl (la serpiente de fuego) y con ella cortó la cabeza de su hermana. Coyolxauhqui rodó hacia debajo de la montaña y quedó desmembrada. Luego aniquiló a sus 400 hermanos. Cuando terminó, tomó la cabeza de su hermana y la lanzó al cielo donde se convirtió en la luna, simbolizando así la lucha permanente entre el sol y la luna. En Tenochtitlan se realizaban sacrificios humanos en honor a Huitzilopochtli con el propósito de darle vigor para que librara su batalla diaria contra la oscuridad. Y así asegurar que el sol volviera a salir después de cada 52 años.

▰▰▰▰▰▰▰▰▰▰▰▰▰▰

Lupita estaba convencida de que el hombre que desnucó de un solo golpe y que yacía a su lado no era un militar. La forma en que se movía no correspondía a una persona que ha recibido una educación castrense. ¿De dónde habrían sacado esa arma? ¿Tendrían contacto con militares de la zona? No lo sabía. ¡Lo que sí sabía es que le urgía hablar por teléfono con Celia! Decirle que estaba viva. Contarle que una vez más había sobrevivido. La pobre de Celia, ante la falta de comunicación por parte de Lupita ¡capaz que hasta ya la daba por muerta!

En efecto, Celia estaba muy preocupada. Un día después de que Celia la había dejado internada, el departamento de Lupita fue allanado. Fue precisamente el viernes santo, el mismo día del ataque al Centro de Rehabilitación. La vecindad estaba sola. Todos estaban en la celebración y nadie vio nada. Cuando Celia regresó a su casa, descubrió la puerta abierta. Al principio creyó que Lupita se había escapado del Centro de Rehabilitación y se encontraba de regreso en casa, pero cuando entró al departamento se dio cuenta de que alguien había entrado con lujo de violencia y había destrozado el lugar. Lo más curioso es que no se habían robado ningún aparato electrónico. Más bien parecía que los intrusos buscaban algo. Celia de inmediato reportó lo ocurrido ante las autoridades pero no tuvo mucho éxito que digamos porque como ella no era la inquilina le dijeron que no se podía iniciar una investigación. Por fortuna en el momento en que estaba terminando de rendir su declaración, el comandante Martínez se apareció y le prestó su ayuda para que rindiera su declaración. En cuanto terminó de hacerlo, la tomó del brazo y la invitó a pasar a su oficina. Ahí Celia se enteró y por boca del mismo comandante Martínez del ataque cometido en contra de los internos del Centro de Rehabilitación. El comandante le dio un informe preliminar de la cantidad de muertos y heridos. Antes de que Celia sufriera un desmayo por lo que estaba escuchando, le pidió que no se preocupara pues Lupita no estaba en la lista de los que habían fallecido... sólo estaba desaparecida. Le preguntó si tenía una idea de en dónde podía estar.

—¿En dónde? ¡Eso quisiera yo saber! Yo la dejé internada y a la única persona que le informé de su paradero fue a usted... ¡y bueno, pos ya ve que al ratito llegaron a ametrallar ese lugar!

—¿Me está culpando?

Celia levantó los hombros como respuesta. Estaba muy desconcertada y molesta.

—Mire Celia, efectivamente yo fui a buscar a Lupita pero llegué justo después de la balacera... y... bueno, ¡yo qué tengo que andar dándole explicaciones! Como usted dice, yo soy el detective y el que hace las preguntas. ¿Sabe o no sabe en dónde se encuentra su amiga?

—No.

—Bueno, pues gracias, ya se puede retirar.

Celia se levantó y se encaminó a la puerta pero antes de que la cruzara el comandante Martínez le comentó:

Y para su información, tengo mucho interés en dar con Lupita...

En efecto al comandante Martínez, independientemente de toda cuestión policiaca, le gustaría volver a ver a Lupita pero para continuar la relación que habían iniciado en el salón de baile.

El comandante Martínez y Celia no eran los únicos que buscaban a Lupita movidos por un interés personal o profesional. Aparentemente existía un grupo ligado a las actividades delictivas de la "Mami" que estaba muy interesado en dar con ella. Martínez esperaba que a esas alturas Lupita estuviera aún con vida y después que a él le fuera posible encontrarla antes de que lo hicieran las personas que ametrallaron el Centro de Rehabilitación. Martínez no se conformaba con la versión de que los atacantes, en un acto de venganza, eliminaron a adictos que habían dejado de consumir drogas que les vendían narcomenudistas comandados por la "Mami". Martínez estaba seguro de que había algo más y de que Lupita le podría dar información que los llevara a la captura de los maleantes. Él no tenía duda de que atrás del atentado estaba el grupo delictivo de la "Mami" pero necesitaba pruebas para poder presentar cargos en su contra. La "Mami" por su parte seguía en franca mejoría.

La fiesta de la Pasión había terminado y todo había vuelto a la normalidad pero les había dejado un mal sabor de boca. Tenía más de cien años de realizarse en perfecto orden y con la cooperación de los siete barrios de Iztapalapa. Era un verdadero ejemplo de organización civil. Las autoridades sólo les brindaban seguridad y su apoyo pero todo lo demás corría por cuenta de los habitantes de la delegación y era la primera vez que se veía empañada por un evento de tal naturaleza.

A Lupita le gustaba deducir

A Lupita le gustaba deducir.

Analizar. Revisar. Leer la realidad desde su muy particular método de observación. Las conclusiones a las que llegaba eran sorprendentes. Con pocos datos, que para la mayoría de las personas pasaban totalmente desapercibidos, Lupita podía solucionar cualquier clase de misterio. No había cosa que le diera más felicidad que dar con el cabo suelto. Colocar en su lugar la última pieza del rompecabezas, juego que gozaba enormemente. Sus favoritos eran los de más de mil piezas. Los armaba sobre la mesa del comedor y su condición obsesiva compulsiva la obligaba a quedarse sentada hasta que terminaba o hasta que se tenía que ir a trabajar. Se podía pasar noches enteras en vela. Si acaso dormía, soñaba con la forma en que debía de ir tal o cual pieza. Lo mismo le pasaba desde la muerte del delegado. Su mente no paraba de analizar los eventos desde distintas ópticas. Lupita había visto morir al delegado más de cien veces en su cabeza. En cámara lenta, en cámara rápida. De adelante para atrás y viceversa. Sabía segundo a segundo lo que había ocurrido cuando lo mataron, o lo que ella había creído que sucedió, y sin embargo no sabía nada de nada. La llegada de Tenoch le brindó la oportunidad de comunicarse con el exterior y de obtener los datos que le faltaban para aclarar sus pensamientos y dejar de lado el tormento mental que la acompañó por varias semanas.

Fue un día luminoso. Lupita se sentía tranquila a pesar de la agitación del día anterior. Después de la incursión de los sicarios en la comunidad y de que ella había desnucado a uno de ellos, llegó un automóvil. Los perros fueron a darles la bienvenida con alegres ladridos. Tenoch venía conduciendo, a su lado viajaba Conchita Ugalde, su madre. En el asiento trasero venía un hombre desconocido para Lupita.

A Lupita le sorprendió ver el cariño y respeto que todas las mujeres de la comunidad le tenían a Conchita. Para ella era solo la cuidadora de los baños del centro nocturno donde solía ir a bailar y punto. Nunca se imaginó que Conchita era nada más y nada menos que una venerable chamana y su hijo era Tenoch, el famoso chamán.

La percepción que tenía de Conchita estaba tan alejada de la realidad que una vez más comprobó que no se debía de fiar de lo que sus ojos veían. Conchita, por su lado, la saludó cariñosamente, como siempre. Con la misma deferencia. Carmela, su amiga indígena, la miró con admiración al ver que Lupita era amiga de Conchita. Afuera de las chozas se pusieron unas mesas y se organizó un desayuno para los recién llegados, que consistió en unos tamales con café. Tenoch agradeció los alimentos que estaban por ingerir y luego les presentó a Salvador Camarena, su acompañante y colaborador. Durante el desayuno, las mujeres y los ancianos del lugar le narraron a Tenoch y a Conchita lo acontecido el día anterior. Le comentaron que ya se había cavado una tumba para enterrar el cuerpo del sicario pero esperaban sus instrucciones para proceder. Tenoch consultó con Conchita y de inmediato les indicó que lo que procedía era primero hacer una ceremonia de purificación y después una sesión de sanación con los que tuvieran sus emociones alteradas por los acontecimientos recientes.

Al término del desayuno, todos agradecieron, se levantaron y cada quien comenzó a trabajar en la organización de las ceremonias. Lupita le preguntó a Carmela en qué podía ayudar. Carmela le dijo que en sus condiciones lo único que podía hacer era ayudarles a planchar la ropa que utilizarían durante la ceremonia ritual. ¡No podían haberle pedido mejor ayuda! Planchar era su especialidad.

Lupita se instaló en el centro de la choza y procedió a planchar la ropa que le indicaron. Planchar dentro de la comunidad no era una actividad fácil de realizar ya que utilizaban plancha de carbón. Afortunadamente Lupita también sabía usar ese tipo de planchas. Claro que con una plancha de vapor sería mucho más fácil el planchado pero ni modo. Los objetos de uso personal que preferían esas mujeres eran los que se podían utilizar en cualquier lugar y bajo cualquier circunstancia. Las comunidades con frecuencia se veían forzadas a movilizarse para evitar los ataques de los narcotraficantes y en su huida llevaban lo más necesario. Tenían que permanecer desapercibidos. Ocultos. Por esa misma razón preferían no utilizar el celular. Así evitaban intercepciones de cualquier tipo. Se vivía de una manera elemental pero muy apegada a la naturaleza. Realmente Lupita había descubierto el placer de cuidar de la vida, así, simplemente. Sembrar, cosechar, capturar el agua de lluvia, criar gallinas, recuperar la salud por medio de la utilización de plantas curativas. La herbolaria era una tradición importante, de conocimiento ancestral que se transmitía de boca en boca y que en lugares en donde no había doctores era de vital importancia. En sus días de estadía dentro de esa escuela de vida las mujeres le habían mostrado la forma en que ellas se curaban unas a otras utilizando el poder sanador contenido en cada planta y le habían compartido la sabiduría heredada de generaciones de mujeres y hombres sabios que escuchan y ven mucho más allá de los sentidos.

Lupita ya había tenido la fortuna de comprobar la importancia de ese conocimiento. Un día le había tocado asistir a una partera tradicional y nunca lo olvidaría. Dos mujeres pertenecientes a una comunidad cercana llegaron a pedir ayuda. Una de sus integrantes estaba a punto de dar a luz. El niño que iba nacer venía sentado y ninguna de ellas sabía como atenderla por lo que pedían su colaboración. Esa mañana todas las demás mujeres estaban trabajando en el campo así que Lupita se ofreció para asistir a la partera. De inmediato salieron. Lupita y la partera viajaron en burro hasta llegar al lugar en donde iban a asistir al parto. Cuando Lupita vio que la joven que estaba dando a luz tenía problemas de presión pensó lo peor. La partera ni se inmutó. Tomó un trozo de tela, la rasgó y le dio a Lupita el trozo para que se lo amarrara en el muslo a la parturienta y lo fuera apretando y soltando a su indicación. Así controlaron la presión. La partera con gran habilidad acomodó al niño para que naciera y preguntó que si tenían tijeras para cortar el cordón umbilical. Le dijeron que no. No había nada, sólo un casco de cerveza. La partera tomo la botella y la rompió. Tomó uno de los vidrios y lo pasó por el fuego de una vela, que era lo único que tenían a la mano para esterilizarlo. Con él hizo el corte. Ahí, en el piso de tierra y sin ningún tipo de higiene, Lupita presenció el milagro de la vida. Ese gran misterio. Ese acercamiento a la luz. Ese dar a luz.

Ese día, por cierto, se instaló en su mente un recuerdo que no sabía ubicar. El sonido de la botella al romperse quiso establecer una conexión en su cabeza pero no lo hizo. Lupita tenía que tener sus cinco sentidos en lo que estaba haciendo, así que no pudo profundizar en ese recuerdo. No lo supo en ese momento pero iba a ser una de las partes del rompecabezas que tenía que armar para solucionar la muerte del delegado.

Se trató de un sonido. Un simple sonido que en su momento haría sentido. Todo sonido anuncia el movimiento. El ladrido de un perro indica la aproximación de una persona. El chisporroteo de la lumbre en la estufa es el signo de que en el aire hay una energía que se mueve. El timbre del celular es la resonancia del pensamiento de una persona que quiere alcanzar a otra. Escucharla. Saber de ella. Calmar a distancia la nostalgia, el extrañamiento.

Lupita le había pedido de favor a Tenoch que le permitiera cargar la pila de su celular. Tenoch accedió, encendió el motor de su coche y conectaron el aparato. Cuando el celular de Lupita se cargó lo suficiente, pudo ver en la pantalla la infinidad de llamadas perdidas de Celia y del comandante Martínez y sus ojos se llenaron de lágrimas. Lo primero que hizo fue llamar a su amiga.

—¿Celia?

—¿Lupe?

—Sí.

—¡Ay, mana! ¡Creí que andabas muerta!

—Ya lo sé, por eso te hablo.

Al escuchar la voz de su amiga, Celia no pudo contener las lágrimas.

—No llores Celia, estoy bien. ¿Cómo estás tu? Yo también estoy preocupada por ti.

—¡Me tenías con el Jesús en la boca! ¿Dónde estás?

—En un lugar seguro.

Lupita se extrañó ella misma de pronunciar la misma frase que Tenoch había utilizado el día en que la llevó a la comunidad. Ahora entendía que era importante que nadie supiera la ubicación exacta de donde estaban. Lupita habló un buen rato con Celia. Su querida amiga rompió el récord de pronunciar cientos de palabras sin respirar. Le contó todo lo que pudo. Empezó por el lado amable de los recientes acontecimientos antes de entrar en la narración de los desagradables. Lupita supo que la celebración de la Pasión salió bien a pesar de todo, que don Neto, el suplente de Judas, soportó bien los insultos de la gente y que sólo al final se ofendió y por poco golpea a un tipo. Que la peluca del lavacoches nunca se cayó. Que el maquillaje que les aplicó en el rostro nunca se corrió y cosas por el estilo. Al final se enteró del allanamiento de su departamento y de que gente de la "Mami" rondaba su casa. Celia también le informó que el comandante Martínez la andaba buscando pero también le hizo patente las dudas que tenía respecto a la inocencia del comandante en el ataque al Centro de Rehabilitación. Lupita de inmediato lo defendió. Su deseo de tener la razón la empujaba a buscar la inocencia de ese hombre que tanto le gustaba. Colgando con Celia, llamó al comandante Martínez y al escuchar su voz, su corazón dio un vuelco. Su tono de voz reflejaba sinceridad, se notaba a leguas que al comandante le daba un gusto enorme saber de ella.

—Lupe, qué gusto saber de usted.

—Gracias, pero ¿qué?, ¿después de la otra noche aún nos hablamos de usted?

—Ja, ja, perdón es que yo soy del norte y ya ve que ése es el trato que acostumbramos darnos en mi tierra. ¿Cómo está?

—Muy bien, recuperándome.

—Me da mucho gusto, he pensado mucho en usted, me tenía preocupado.

—Pues gracias a Dios me encuentro bien y recuperándome.

—¿Y en donde está?, si se puede saber.

Lupita pensó un segundo antes de responder. Las sospechas de Celia respecto al comandante habían dejado huella. Su titubeo fue percibido por Martínez y de inmediato y antes de que ella respondiera le dijo:

—Si no quiere no me lo diga, es más, creo que es mejor que no lo mencione por teléfono por aquello de las cochinas dudas, lo importante es que está bien y se está recuperando. Sólo quería saber de usted pues temí lo peor. Su llamada me hizo el día. Usted sabe que estoy a sus órdenes y dispuesto a ayudarla en lo que pueda.

—Gracias.

—De nada. Cuando pueda llámeme y recuerde que tenemos pendiente una salida a bailar.

—Gracias, gracias. Yo le hablo en cuanto pueda.

Después de colgar con Martínez, su cerebro funcionó mejor que nunca. Por un lado, le quedó claro que Martínez no era quien había denunciado el lugar en donde ella se encontraba rehabilitando. Si él fuera un informante de los narcos habría insistido en conocer su ubicación, cosa que no hizo. Todo lo contrario: la intentó proteger. Su corazón bombeaba alegremente la sangre y ello le permitió establecer conexiones correctas. Deducir con gran rapidez. Si la "Mami" había mandado allanar su casa, era porque buscaba algo importante que Lupita poseía. Algo que la "Mami" no quería que saliera a la luz. Por supuesto que no recordaba que ella le había dicho a la "Mami" que estaba en posesión de unas pruebas que podían destruirla. Cuando lo dijo estaba en total estado de ebriedad. ¿Qué podía dañar a la "Mami"? Era una persona poderosa que gozaba de total impunidad. Los funcionarios que, en los últimos años, habían pasado por la delegación obtuvieron la mayoría de sus votos gracias a ella y por lo mismo, todos y cada uno de ellos le brindaron su protección y apoyo a pesar de que estaban en pleno conocimiento de sus actividades ilícitas. Con todo el dolor de su corazón, Lupita incluyó en la lista al licenciado Larreaga. Las evidencias indicaban que pactó con ella. Sí, pero ¿Lupita qué tenía que ver? ¿Qué podía saber? ¿Qué podía decir que dañara a la "Mami"?

La misma Lupita se hacía de la vista gorda cuando veía que, en algunos de los puestos de los vendedores ambulantes, los falsos artesanos vendían droga. De nada servía denunciarlos si estaban protegidos por las altas autoridades. Es más, los evitaba y con trabajos les dirigía el saludo. Bueno, también tenía que reconocer que en los últimos días no sólo se les había acercado sino que les había comprado estupefacientes. ¡Claro! Si una serie de eventos sucede alrededor de una persona es porque esa persona es el hilo conductor de todos ellos, o sea, Lupita era esa hebra suelta dentro del tejido de corrupción que abarcaba a la administración pública. Si la "Mami" no había parado de buscarla era porque no había dado con lo que buscaba. Aquello que fuera aún lo tenía Lupita. ¿Y qué tenía ella? Había salido huyendo del Centro de Rehabilitación vistiendo una bata. ¡Momento! ¡Trajo su celular con ella! Cuando Celia la internó, Lupita le dio a guardar sus pertenencias, pero cuando ya estuvo instalada en su cuarto, le pidió que le devolviera su celular. Celia le dijo que no podía hacerlo pues uno de los requisitos del Centro de Rehabilitación era precisamente que los internos se mantuvieran al menos por un periodo en aislamiento. Lupita le suplicó. Le dijo que lo guardaría dentro del yeso de su pierna y así nadie se daría cuenta. Celia accedió y Lupita cumplió. Lo ocultó cuidadosamente dentro del yeso y sólo lo sacaba por las noches. La verdad no lo quería para hablar con nadie sino para jugar a la granjita, un juego virtual al que era adicta. Gracias a eso Lupita ahora tenía el celular en su poder. Ahí debería de haber alguna información vital. Se congratuló ampliamente de haber podido escapar de la balacera con todo y aparato, pero luego se lamentó de no haber tomado su cargador antes de salir, no habría tardado tanto en enterarse de lo que estaba aconteciendo. Aunque tal vez fue lo mejor. El no poder hablar por teléfono le permitió incorporarse mucho mejor a la comunidad indígena. Curiosamente, desde que llegó, Lupita ni siquiera había tenido ganas de revisar su granjita. Sus pobres animalitos debían de estar muertos de hambre. Encendió su teléfono y comenzó a buscar datos almacenados. Aparte de las llamadas perdidas del comandante Martínez, de Celia y de uno que otro amigo, había mensajes de sus superiores en la corporación policiaca, y le pedían que se presentara a trabajar de inmediato. El capitán Arévalo, con tono airado, le informaba que estaba despedida.

Cuando terminó de revisar sus llamadas, procedió con sus mensajes de voz y se encontró sólo uno de Conchita Ugalde. Nunca antes le había llamado. Recordó que la última vez que la vio fue en el baño del centro nocturno, cuando Conchita la auxilió después de que ella vomitó. Conchita le había pedido su número para mantenerse en contacto con ella.

Pasó entonces a las fotografías y no encontró nada relevante. Por último pasó a la revisión de sus videos. En uno de ellos, se ve a Lupita, totalmente alcoholizada, a punto de entrar a una pulquería. Ella misma es la fotógrafa así que la toma se mueve constantemente. Lupita habla a cámara:

—Aquí Lupita la pedita —festeja con risas—, reportando para ustedes desde la pulquería El gatito —más risas—. Ay, sí ¿no?, el gatito se rasca el… —la risa no la deja terminar la frase.

El teléfono se le cae de las manos. Al intentar recogerlo Lupita pierde el equilibrio y se cae al piso. No se puede levantar.

—¡Aysssh!, ¡qué putazo me di!

Ahí termina ese video. Los siguientes son igual de lamentables. Lupita los tomó durante la "visita a las siete cantinas" que realizó en vez de la visita a las siete casas correspondiente a la fiesta de la Pasión. De pronto abrió un video que correspondía a la última cantina. En él se ve a Lupita frente a la barra tomando un tequila con una mano y filmándose con la otra. Se le acerca un empleado y le pide que guarde su celular, que ahí no se permiten fotos ni la toma de videos. Lupita se pone agresiva y con ello provoca que la saquen en vilo por la puerta trasera. Lupita en ningún momento deja de filmar y vemos que los empleados intentan quitarle el teléfono pero Lupita se defiende a capa y espada por medio de patadas voladoras, que nunca dan en el blanco. Los empleados prácticamente la lanzan a la acera y mientras Lupita cae al piso el celular se le escapa de las manos y las escenas que siguen son totalmente confusas entre luces, manos, pies, cemento, zapatos. El audio se sigue escuchando.

—¡Ah, qué hijos de su puta madre! ¡Cómo que no quieren videos! ¡Si soy Lupita la pedita!, la reinita de los reportajes… Ahora verán cómo los filmo putitos…

Desde el punto de vista del celular que cayó en el piso, vemos a Lupita, a gatas, tratando de alcanzar el aparato. La cámara muestra el rostro descompuesto de Lupita que dice lentamente:

—¿Qué es esto?

El celular gira, accionado por Lupita y filma a través de una pequeña ventana ubicada a nivel de piso, el interior de un sótano donde unos hombres cuentan dinero y luego lo guardan dentro de cajas de zapatos. En ese momento el movimiento de la cámara indica que Lupita ajusta la toma y hace un acercamiento. Después se nota que Lupita deja el celular recargado sobre la ventana porque el movimiento de la cámara se estabiliza y queda fijo. El lente del celular muestra el momento en que la "Mami" ingresa al sótano. De inmediato se le acerca Gonzalo Lugo a recibirla y la toma del brazo. Se acercan a la ventana para tener una conversación los más alejada posible de los hombres que cuentan dinero y, sin saberlo, lo más cerca a la cámara de Lupita.

—¿Qué pasó Lugo? ¿Cuánto juntaste?

—Sólo cincuenta millones.

—Eso no nos sirve para una chingada. En una campaña política como la que tiene planeada el licenciado Gómez se gasta eso al día, te recuerdo que no estamos hablando sólo de una pinche delegación, sino que después se va a lanzar para jefe del gobierno del D.F.

—Ya lo sé jefa, pero es que las ventas de las drogas bajaron.

—¡Cómo que bajaron! Si ellas no se manejan solas. Nosotros las vendemos y tu gente no se está moviendo lo suficiente.

—Lo que pasa es que dos de nuestros vendedores se pasaron a las filas de Salvador.

—¿Y no has hablado con el tal Salvador? ¿Qué quiere?, ¿cuál es su precio?

—Ya hablé con él, pero anda con las mamadas de los guerreros de la luz y no quiere.

—Pues mándale un atento recadito cabrón, como si fueras nuevo en esto… No podemos dejar que se nos vaya esta oportunidad… ¿Y tú le entregaste a Gómez el dinero en sus manos?

—Sí, de parte de usted, claro.

Esta última frase se confunde con el sonido que Lupita produce mientras vomita. La "Mami", alarmada, pregunta:

—¿Quien anda afuera? Muévanse pendejos, vayan a ver.

Ahí termina el video. ¡Eso era lo que la "Mami" buscaba! Todo comenzaba a cobrar sentido. El video era muy importante. Lupita tenía que cuidarlo. Su mente analítica giraba como loca. En su conversación con la "Mami", Gonzalo Lugo mencionó el nombre de un tal Salvador. Hacía sólo unos minutos, cuando fue a recoger su celular a la choza donde estaba Tenoch, se cruzó en su camino con Salvador, el hombre que acompañaba al chamán. Salvador estaba sentado en la tierra rodeado de un grupo de niños a los que estaba enseñando cómo tallar la obsidiana. A su costado tenía un costal con piezas de todos tamaños y las estaba repartiendo entre todos junto con unos guantes para que protegieran sus manos de las heridas. Lupita pensó: qué bueno, porque las astillas de cristal cortan muy feo. Lupita ya había observado a los niños fabricar flechas. Todos ellos practicaban el tiro al arco, más como una estrategia de guerra que como un deporte. Los narcos atacaban sus comunidades con un poderoso armamento pero ellos estaban dando la batalla con otro tipo de armas. Salvador la saludó con la mano y Lupita respondió a su saludo, en seguida Salvador le preguntó por su costilla rota y Lupita le respondió que mucho mejor pero de inmediato reaccionó y le preguntó:

—¿Y usted cómo sabe que me rompí la costilla?

—Porque yo trabajo en el Centro de Rehabilitación en donde estuvo internada. Es más, yo llené su hoja de ingreso.

Después intercambiaron unos breves comentarios respecto a lo que había sucedido y a la investigación policiaca que se había llevado a cabo pero a Lupita le urgía recoger su celular así que se despidió amablemente y continuó con su camino. ¿Ese Salvador sería el mismo que estaba robándole gente a la "Mami" para reclutarla entre sus filas?

Fue interrumpida en sus cavilaciones por Carmela que llegó a preguntar si ya había planchado la ropa que le habían encomendado. Lupita se disculpó. Aún no la tenía pero en un momento la tendría, pues ya estaba listo el carbón para la plancha.

Lo primero que le llamó la atención a Lupita fue el olor que despedía el blanco huipil de Conchita. Olía a jabón de polvo. Estaba recién lavado pero no había sido asoleado correctamente. Lupita ya se había acostumbrado al agradable olor que se desprendía de las prendas de las mujeres indígenas. Era una ropa que olía a jabón de pasta, a leña quemada, a sol, a brisa de la montaña. La de Tenoch y Conchita olía a ciudad. Terminó con el huipil en cinco minutos y procedió con la camisa de Tenoch. Al momento en que la extendió sobre la mesa descubrió que ¡había dado con la camisa del delegado! La misma que ella había mencionado en su declaración inicial frente al Ministerio

Público. ¿Qué hacía esa camisa entre la ropa de Tenoch? Estaba segura de que era la mismísma camisa. La arruga marcada sobre el cuello de la camisa era inconfundible. Lupita se remitió al momento en que la vio y la criticó.

Ella estaba dirigiendo la operación de vialidad afuera de la escuela para adultos mayores que el delegado iba a inaugurar. En cuanto el automóvil del delegado llegó al lugar, Lupita, haciendo alarde de la forma en que utilizaba el silbato para agilizar el tráfico, se hizo notar. El delegado descendió por la parte trasera del coche auxiliado por Inocencio, su chofer y objetivo principal de los devaneos de Lupita. En ese momento, el licenciado Larreaga cruzó cerca de ella, Lupita se percató de que traía una arruga marcada en el cuello de la camisa. De inmediato juzgó y condenó a la persona que había planchado de esa forma la prenda de vestir. ¿Qué no sabía planchar la esposa del delegado?, ¿o qué no tenía a nadie que lo hiciera por ella? Era lamentable que un personaje público fuera a salir en tantas fotos con una camisa en tal estado.

Lupita acarició la camisa. La arruga seguía ahí y no era necesario preguntarse cómo era que había perdurado en su lugar después de haber pasado por una buena lavada. Era simplemente porque "arruga marcada, arruga quedada". ¡Si lo sabría Lupita!

La camisa llegaba a su vida demasiado tarde y justo a tiempo. ¿Cómo era esto? ¡No podía volver el tiempo atrás y restregarle la camisa en la cara al Ministerio Público para demostrarle que nunca estuvo equivocada al considerar que la arruga dejaba abierta una línea de investigación! Pero aún estaba a tiempo de resolver la misteriosa muerte del licenciado Larreaga. Para empezar, podía comprobar que la camisa pertenecía al licenciado Larreaga pues aparte de la arruga traía bordadas las iniciales del nombre del delegado en el bolsillo y eso constituía una prueba irrefutable. Lupita no pudo continuar con sus reflexiones porque Carmela llegó a recoger las prendas y a pedirle a Lupita que asistiera a la ceremonia de purificación previa al entierro del sicario. Era muy importante que ella estuviera presente por haber sido la persona que lo mató. Lupita accedió sin chistar a pesar de que dentro de su cabeza había toda una revolución de dudas. Se puso un huipil blanco que Carmela le proporcionó y se hizo unas trenzas en el pelo.

La ceremonia en cuestión fue muy interesante. Mientras Conchita pasaba el sahumerio a cada una de las personas que iban a participar de ella, un grupo de mujeres cantaba y tocaba los tambores. Luego les pasó un ramo de flores de pies a cabeza para garantizar que su cuerpo quedara libre de malas energías. En seguida procedieron a envolver el cuerpo del sicario en un rebozo que sirvió de mortaja. Al terminar Conchita dio inicio a la ceremonia con unas palabras.

Sagrada Madre Tierra, recibe a este hombre
enrebozado.
Limpia su corazón.
Abre su corazón.
Destapa su corazón.
Que el alimento divino que le diste
se convierta de nuevo en alimento.

Que su sangre y su carne sean
alimento bueno.
Corta con trece navajas de obsidiana
sus ligas con la oscuridad.
Que esta obsidiana rasgue el manto negro
que cubre su alma y le permita volver a la luz
y reconocer su verdadero rostro.
Vírgen de Guadalupe, cúbrelo con tu manto
de estrellas y conviértelo en
guerrero de la luz.

Conchita sacó de entre sus ropas un disco de obsidiana y lo puso sobre el rebozo que cubría al sicario justo a la altura del corazón. Procedieron a bajar el cuerpo al interior de la tierra ayudados por unas cuerdas que sostenían Tenoch y Salvador Camarena mientras cuatro mujeres tocaban el tambor. Lupita escuchó con deleite los cantos. Se sentía parte de la ceremonia. La verdad, tanto el huipil de Conchita como la camisa del delegado que Tenoch portaba gozaban de un planchado impecable gracias a ella. No cabía duda de que Lupita era una artista del planchado. En determinado momento, el disco de obsidiana que Conchita había depositado en el pecho del sicario se resbaló y cayó sobre una piedra. Se hizo añicos. El sonido del cristal al chocar contra la piedra era un sonido que Lupita traía guardado en su mente. Ésa fue una de las primeras piezas del rompecabezas que comenzó a tomar su lugar. Luego se dejaron caer desencadenadamente una serie de recuerdos de eventos aislados que en la cabeza de Lupita se empezaron a enlazar.

A Lupita le gustaba preguntar

A Lupita le gustaba preguntar.

Saber el por qué y para qué de las cosas. Conocer las causas ocultas que empujaban a las personas a actuar en tal o cual sentido. Lo que más le intrigaba era saber por qué la gente guarda silencio ante las injusticias, ante los abusos, ante la ilegalidad. Y no se refería precisamente a permanecer pasivos ante los actos de corrupción sino a pasar por alto acciones que se realizan en sus círculos cercanos y que la gente acepta como parte de su cotidianidad a sabiendas de que por medio de ellos se está afectando la vida de muchos otros. Por ejemplo, no entendía cómo había mujeres que solapaban a maridos violadores y nunca los denunciaban. O aquellos que sabían que en su vecindad o en la casa de junto había una persona secuestrada y por miedo se callaban la boca. Tampoco entendía por qué a nadie se le ocurría profundizar en las razones que llevan a una persona a consumir drogas. No era metiéndolos a la cárcel o utilizando la represión policiaca que se termina con el tráfico de drogas. ¿A nadie se le ha ocurrido analizar el por qué nuestros vecinos del norte consumen la mayor parte de las drogas que se fabrican en el mundo? ¿Por qué se drogan masivamente? Ella tenía algunas de las respuestas. Por muchos años la única opción que tuvo a la mano para evitar que las cosas siguieran sucediendo fue no viéndolas, no escuchándolas, no estando ahí, o sea, vivir drogada. ¿Qué tanto quieren evitar los millones de personas que se drogan en el mundo? ¿Qué es lo que esperan encontrar al salir de sus cuerpos? ¿Qué es lo que buscan con tanta desesperación? ¿Será el espíritu? ¿O una esencia que no poseen la bola de productos de consumo que acumulan sin descanso?

Desde que estaba en el campo su cabeza se había llenado de nuevas dudas. ¿Para qué seguir trabajando en una corporación que no protegía a la gente? ¿Para qué estar bajo las órdenes de funcionarios corruptos? ¿Para qué separar la basura si en verdad los camiones que la recolectaban terminaban mezclándola? ¿Para qué utilizar jabones que contaminaban los ríos? ¿Para qué comprar y comprar y comprar y comprar tanta mamada? Ahora que sólo tenía lo suficiente le empezaba a encontrar otro significado a su existencia pero al mismo tiempo tenía muchas más preguntas que nunca.

En busca de respuestas se acercó a Tenoch en un momento en que lo encontró solo. El chamán estaba guardando en un morral los objetos con los que celebró la ceremonia ritual. Lupita se sentó a su lado y comenzó con su bien intencionado interrogatorio.

—Perdone, Tenoch, ¿le puedo hacer unas preguntas?

—Todas las que quiera.

Lupita no sabía cómo dar inicio a su indagación. Para calentar motores soltó al aire un par de preguntas intrascendentes mientras ponía en orden sus ideas.

—¿Quién le puso Tenoch?

—Mi mamá.

—¡Ah! ¿Y por qué?

—Pues no sé. Me parece que lo soñó.

—¡Ah!

❧ TENOCH ❧

Tenoch fue el nombre de un caudillo azteca que inició la etapa de los Huey Tlatoanis. A él le correspondió hacer la primera ceremonia del Fuego Nuevo en el año de 1351. Se realizó en un lugar cercano al Cerro de la Estrella. En su honor, en el año de 1376 la ciudad de Cuauhmixtitlan cambia su nombre por el de Tenochtitlan.

▲▲▲▲▲▲▲▲▲▲▲▲▲▲▲▲▲▲▲▲

—Oiga, ¿y por qué le pusieron al sicario un disco de obsidiana en el pecho antes de enterrarlo?

—Para que se reintegrara a la luz.

—¿Por qué?

—Porque si no lo hace, nosotros tampoco.

—No entiendo.

—¿Qué no entiende?

—Qué tiene que ver él con nosotros.

—Que nos tejieron juntos.

—¿Quién?

—El universo. Todo está enlazado. Todo va junto. Si alguien se desconecta y se suelta, altera el orden del todo.

Ese hombre había olvidado quién era. Ya no lo recordaba. Vivía en la oscuridad.

—Sí, pero ya se murió. Con ceremonia o sin ceremonia de por medio, la tierra igual lo iba a recibir y reciclar.

—Ajá, pero él no era sólo un cuerpo. ¿O sí? —continua respondiendo con sorna:

—Pues no sé.

—Su cuerpo hacía lo que él le ordenaba, pero él no sabía mandarse a sí mismo. Mire, nosotros, al igual que nuestros abuelos creemos que el universo tiene un propósito y que nosotros formamos parte de él. Todo lo que hacemos tiene que estar de acuerdo con ese propósito para que se mantenga un equilibrio entre luz y oscuridad, entre día y noche, entre vida y muerte. Si ignoramos ese plan del cosmos causamos un gran desequilibrio que afecta no sólo nuestra vida, sino la vida del universo entero. Si usted ve, en los últimos tiempos hemos creado un desastre ecológico, económico y social debido a que la oscuridad, en su afán por vencer a la luz y abarcarlo todo, busca para sus fines a aquellos que viven sin propósito alguno, fuera del orden cósmico. El hombre que enterramos había olvidado que era parte de nosotros. Tenía una imagen falsa de sí mismo. Se miraba en un espejo negro y por eso le pusimos el disco.

—¿Cómo?, ¿le pusieron un espejo negro para que viera su luz? No entiendo.

—Lo oscuridad no es la ausencia de luz.

—Sigo sin entender.

—La obsidiana refleja la luz porque la contiene. Utilizamos la filosa obsidiana para cortar la oscuridad y liberar la luz. Los espejos de obsidiana son utilizados para ese fin. Para ver nuestro lado oscuro pero también entrar en contacto con nuestro ser luminoso.

—¿Por eso mató al delegado con un disco de obsidiana?

Tenoch sonrió y guardo silencio unos segundos antes de responder.

—Sí.

—Y dígame, ¿el universo requería que el delegado muriera?

—Aunque usted lo diga con sorna, sí. Lo requería. En nuestro país cada día hay más gente que está desconectada del todo. El uso de las drogas propicia la desconexión. Y el dinero que producen con el narcotráfico se utiliza en crear más separación, más caos y más destrucción. Y la gente, sin estar plenamente consciente de ello, busca reconectarse con el todo mediante el uso de las drogas que la hacen abandonar su cuerpo pero en vez de reintegrarse a esa energía universal cada vez se desconecta más porque utiliza drogas en vez de plantas sagradas. Y busca *dealers* en vez de chamanes. Llegó el momento del cambio. Tenemos que trabajar a favor de la luz. Tenemos que volver a ella. Conectarnos con ella. Encender el sol en nuestros corazones. Nuestros antepasados nos heredaron el conocimiento para realizar una ceremonia del Fuego Nuevo que corresponde con el movimiento de los astros en el cielo. Con la armonía. Con el equilibrio de fuerzas. El lugar propicio para hacerlo es un lugar cercano al Cerro de la Estrella. Es un lugar sagrado y es preciso que sea ahí mismo.

—Y ya no es posible hacerlo porque el licenciado Larreaga le dio el terreno a la "Mami" para construir una plaza comercial en donde aparte de artesanías iba a vender drogas.

—Exactamente.

—¿La traición del delegado hizo que mereciera la muerte?

—La muerte no existe.

Lupita responde con ironía:

—Pues mi hijo se murió en mis brazos.

—Eso no quiere decir que esté muerto.

Lupita continúa respondiendo con sorna:

—¿No?, ¿y dónde está?

—En cada partícula del universo. En el invisible… Sé que el hecho de no poderlo ver le resulta intolerable, pero eso no es lo que más le duele.

—¿No?

—No. Lo que más le duele es no haberle pedido perdón a su hijo por haberlo matado.

Lupita abre los ojos sorprendida.

—¿Se lo dijo Celia?

—¿Qué Celia?

—Olvídelo…

—Nadie me lo dijo. Los mayas tenían toda la razón cuando afirmaban que el cosmos no es otra cosa que una matriz resonante y que si uno se conecta con ella a través del cordón umbilical del universo puede obtener toda la información que desee. Eso es lo que hago. Me conecto. ¿Le gustaría conectarse con su hijo?

—¿Usted me puede enseñar?

—La puedo guiar. Todo lo demás lo hace usted misma.

Lupita guarda silencio por un momento. Su corazón late con fuerza. Le parece increíble que pueda existir una manera de hablar con su hijo. De hacerle llegar todos los besos que nunca pudo darle. De transmitirle su profunda tristeza, su dolor, su arrepentimiento. De contarle lo que había sido su vida sin él. La única forma de comprobar si eso era posible o no era confiando en un asesino confeso. En un hombre que había matado a sangre fría pero que al mismo tiempo la miraba con una bondad que ella desconocía hasta ahora.

—¿Qué tengo que hacer?

—Participar de una ceremonia ritual.

—Yo hago lo que usted me diga, pero antes dígame por favor cómo fue que disparó el disco de obsidiana sobre el cuello del delegado.

Tenoch sonrió, se levantó y le hizo una seña a Lupita para que lo siguiera. La condujo hasta su choza. Tomó un morral y de su interior sustrajo un sencillo artefacto de madera. Se trataba de una especie de resortera que disparaba canicas y piedras por medio de un par de potentes ligas de resistencia, de ésas que se utilizan para hacer deporte de alto rendimiento. La resortera de Tenoch era muy larga y tenía la particularidad de que se podía ocultar bajo la manga de la camisa. Se accionaba con un simple movimiento de la mano contraria. Lupita y Tenoch salieron al campo y Tenoch le hizo una demostración de su arma. Acomodó una sandía sobre una mesa y tomó distancia de ella. En seguida, se ajustó la resortera sobre el brazo derecho. Luego, sacó de una caja de cartón un disco de obsidiana y lo colocó en medio de las ligas. Levantó su brazo, apuntó hacia la sandía y con la mano izquierda accionó un sencillo mecanismo que liberó el disco. El trozo de obsidiana, al impactar la fruta, la atravesó de lado a lado sin el menor problema. Lupita se sorprendió tremendamente con la sencillez y la efectividad del arma. Con esa información tenía casi todo aclarado en su mente. Recordó el video que le mostró el comandante Martínez, en el cual Tenoch aparentemente saluda al delegado con el brazo extendido e instantes después el licenciado Larreaga empieza a sangrar. Ya sabía cómo y con qué le había disparado pero aún tenía una duda.

—¿A qué hora y por qué le dio su camisa el delegado?

—Me la dio para que hiciera una ceremonia de purificación con ella. Alguien de su equipo de confianza le había comunicado que el jefe de asesores, el licenciado Gómez, creo que se llama, había contratado a un brujo para que le causara daño y confiaba en mí para que lo protegiera; le urgía mi ayuda pero como ese día no tenía tiempo para que hiciéramos la limpia, le pedí que me diera su camisa, ya que con ella podía realizar la ceremonia sin que él estuviera presente. Nos vimos en su oficina después de que regresó de la inauguración de la escuela de adultos mayores. Cuando el delegado estaba cambiándose la camisa en el baño, su secretaria le llamó por el celular, pero habla tan fuerte que yo escuché a través de la puerta todo lo que ella decía. Le informó que le había dejado sobre el escritorio los papeles de la expropiación de nuestros terrenos para que los firmara.

—Y así se enteró de que el delegado los había traicionado y decidió matarlo.

—Así es.

—Una última pregunta. ¿Qué papel juego yo en todo esto? ¿Por qué me cuidaron? ¿Por qué me trajeron aquí?

—Porque una astilla de obsidiana la eligió. Cuando mi mamá me llamó para decirme que se le había clavado supimos que estaba destinada a ser una guerrera de la luz.

—¿Y por eso cuando llegué al Centro de Rehabilitación Salvador les informó del lugar en el que me encontraba?

—Así es, eres buena investigadora.

—Gracias. Por cierto, hay un lavacoches al que también se le clavó una astilla de obsidiana.

—Sí, ya lo contactamos y Salvador lo está preparando. ¿Alguna otra pregunta?

—Por ahora no.

—Yo tengo una.

—¿Cuál?

—¿Me va a denunciar?

—No, no se preocupe, tengo en la mira una mejor candidata para ser denunciada.

—Ojalá sea quien yo me imagino. La "Mami" trabaja para los guerreros de la oscuridad y está empeñada en que no hagamos la ceremonia del Fuego Nuevo porque se terminaría su negocio. Si la gente encuentra la forma de reconectarse con el todo sin el uso de las drogas, la "Mami" y todas las organizaciones criminales estarían condenadas a la muerte.

—Bueno, pues parece que ustedes también son buenos investigadores. ¿Cómo saben que yo puedo denunciar a la "Mami"?

—Pues porque los operadores de la "Mami" fueron los que ametrallaron el Centro de Rehabilitación. Al principio creímos que sólo era como una venganza en contra de los miembros de su organización que habían abandonado sus filas, pero cuando ellos descubrieron que usted estaba internada ahí y que durante el ataque había logrado huir, no pararon de buscarla, lo cual nos indicó que usted debía poseer una información muy comprometedora respecto al grupo delictivo de la "Mami".

—Así es. La buena noticia es que voy a utilizar esa información y usted va a poder hacer su ceremonia del Fuego Nuevo. Eso se lo aseguro.

A Lupita le gustaba hacer el amor

A Lupita le gustaba hacer el amor.

Acariciar. Besar. Abrazar. Lamer. Gemir de placer. Gemir... gemir... gemir... Lupita se despertó de golpe. Estaba soñando con el comandante Martínez y tuvo un orgasmo más real que muchos de los que había experimentado en su vida. Fue tan intenso lo que sintió que sus propios jadeos la despertaron. Se quedó inmóvil por un momento. Deseó con toda el alma que sus compañeras de cuarto aún estuvieran dormidas. Le apenaría mucho que la hubieran escuchado. Sería mucho más vergonzoso que cuando expulsaba un pedo dormida. Esas cosas suelen suceder cuando uno comparte una habitación. Para Lupita no era una experiencia nueva. En la vecindad donde creció se compartía todo. Desde sonidos, hasta olores. Cuando era niña, los lavaderos y los baños eran de uso común. Los lavaderos nunca dejaron de serlo, los baños, en cambio, pasaron de ser colectivos a individuales después de una remodelación en el año de 1985 y a partir de entonces cada vivienda contó un baño particular, cosa que Lupita festejó ampliamente. Le parecía una monserga salir de su cuarto y cruzar el patio cada vez que tenía que utilizar el sanitario. Todo el mundo se enteraba de sus intimidades. Se sabía cuándo había comenzado y cuándo había terminado la menstruación de las señoras o qué comida le había caído bien o mal a cada uno de los habitantes de la vecindad. Lupita, al entrar al baño, podía detectar perfectamente quién lo había utilizado antes que ella sólo por el olor de las heces que quedaba en el ambiente. A través de la experiencia de oler los orines y los pedos de todos, Lupita desarrolló un método de investigación muy particular. Descubrió que básicamente había dos tipos de personas, los que reprimían los pedos soltándolos de poquito a poquito para que no hicieran ruido y los que los expulsaban sin el menor recato. Resultaba altamente revelador el comportamiento de las personas en el retrete. Uno quedaba totalmente expuesto al escrutinio de los demás. Su mamá le comentó que antes de que ella naciera, la cosa era peor pues los baños no tenían divisiones y los vecinos se sentaban a defecar uno junto al otro. No sólo eso, aprovechando la cercanía y la confianza hablaban de los últimos acontecimientos del día y fantaseaban sobre las posibles soluciones. Afortunadamente ese no era el caso dentro de la comunidad en la que se encontraba. Si bien tenía que salir de la choza para utilizar la letrina, se trataba de una individual y no colectiva. O sea, se contaba con cierta privacidad.

Salió antes de que las demás se levantaran. No quería ni que la vieran a los ojos. Sentía que sólo con verla a la cara podrían conocer a detalle su orgásmico sueño. Aún sentía la respiración de Martínez sobre su cuello y esa rica sensación previa al orgasmo en la entrepierna. Recordó a Martínez y la noche que habían pasado juntos. Recordó el rechinido de su cama. Recordó la humedad de sus sábanas. ¡Sus sábanas! No había tenido tiempo de lavarlas. Tal vez era mejor. A su regreso lo haría con más ganas. De esa manera tendría oportunidad de comprobar su teoría de que las amorosas humedades de los amantes quedan impregnadas dentro de las fibras de las sábanas y en cualquier momento pueden ser utilizadas para ofrendarlas al sol. Ése era uno de los motivos por los que no le gustaba utilizar la secadora de ropa. Consideraba que sólo el sol podía liberar correctamente la energía amorosa contenida en las sábanas.

Pero hasta ese día siempre había creído que hacer el amor era cosa de parejas. De cuerpos. De seres que se unen. Nunca había experimentado lo que era hacer el amor. ¡Ser el amor! Ser la energía amorosa. La que permite todo tipo de conexiones: con el agua, con las plantas, con los animales, con las estrellas, con los planetas, con la nubes, con las piedras, con el fuego, con el todo y con la nada.

Este conocimiento lo obtuvo después de participar en la ceremonia a la que Tenoch la había invitado. Para Lupita fue un parteaguas en su vida. Ella no tenía la menor idea de lo que iba a experimentar ni de cuál debía ser su comportamiento. Sólo siguió órdenes. En la profundidad de la selva se reunieron varios integrantes de la comunidad. Tenoch dio inicio a la ceremonia ritual bajo la sombra de un árbol. Hizo un saludo a los cuatro vientos e invocó la presencia de los abuelos y las abuelas. Después, cada uno de los participantes fue pasando al centro del círculo en donde Tenoch les ofrecía una pipa que contenía una substancia que se extrae de las glándulas del sapo Otac, *Bufo Alvarius*, familiarmente llamado sapito. De las

463 variedades de sapos que existen en el mundo, sólo esta especie proveniente del desierto de Sonora contiene en sus glándulas las moléculas neurotransmisoras bufoteína, 5-MEO-DMT junto con la enzima capaz de mutilarlas. Este anfibio tiene la capacidad no sólo de almacenar una enorme cantidad de neurotransmisores sino de metabolizarlos, de tal forma que nuestros cuerpos los puedan absorber sin problema por el tracto respiratorio.

Cuando el humo entró a sus pulmones, Lupita supo todo. Vio todo. Escuchó todo. Entendió todo pero no lo podía expresar en palabras.

En su vertiginosa travesía, Lupita viajó en el tiempo hasta antes de que se separaran mares y cielos, de que se formaran ríos y montañas, antes de que la primera pluma cubriera el pecho de los quetzales. Antes de que la primera tortuga cruzara los océanos. Antes de que el maíz se convirtiera en la fuente del sustento. Antes de que los hombres dejaran de dialogar con las estrellas. Antes de que las mujeres inventaran el bordado. Antes de que lavaran y plancharan sus vestimentas. Antes de que ella recibiera el primer maltrato, el primer golpe, la primera ofensa. Antes de que fuera víctima de una violación. Antes de que su hijo muriera.

Antes de que los políticos hubieran traicionado la Revolución mexicana, antes de que se hubiera orquestado el primer fraude electoral, antes de que se vendiera el país a los extranjeros. Antes de que se delimitaran las fronteras que separaban los países. Antes de que se diseñara un plan de desarrollo basado en la explotación de los hidrocarburos. Antes de que se pusieran a la venta los metales preciosos, las minas, las playas, los corales, los diamantes, el petróleo. Antes de que la avaricia dominara a los gobernantes. Antes de que se organizaran los cárteles que tanta muerte creaban. Antes de la muerte misma, antes de los cuerpos, antes de la idea de que las cosas terminan, antes de la culpa, del miedo, del ataque.

Antes de que México existiera.

Vio toda su vida. Desde que estaba en el vientre materno hasta el día de su muerte. Vio la historia de todo el universo, desde el Bing Bang hasta el final de los tiempos. Vio que antes de que se formaran las piedras, los ríos, los árboles, todo existía y a la vez una voz dentro de su cerebro le susurraba "nada existe".

Nada y todo existía a la vez. Las cosas tomaban forma y desaparecían a una velocidad inusitada. En un segundo el polvo pasaba a ser lodo maleable y el espejo estrellas reventando después del estallido. De la nada surgían cuerpos de arcilla que se erigían y destruían según los caprichos de la mente, pero nada era real, era un engaño, una ilusión. Más allá de todo sonido, de toda forma, de todo sentimiento, sólo había luz. Sólo luz. Luz que se reflejaba en todos y en todo. Lupita supo que en cada reflejo ella estaba volviendo a casa. En cierto punto ya no distinguía si estaba viva o muerta. Ya no era, ya no estaba pero al mismo tiempo estaba en todo.

Nada permanecía oculto. Nada dolía. Los rostros que se le aparecían se quitaban la cara ante sus ojos. La mente perdía la noción del tú y el yo. Las palabras se borraban de la lengua y los nombres dejaban de existir. Millones de partículas se movían a la velocidad de la luz cambiando de rostro, de forma, de color, pero sin perder en ningún momento su luminosa interconexión. Vio miles de cables de luz entrelazarse dentro y fuera de ella. Pasó a formar parte de un tejido intergaláctico. Se unió a la vibración de millares de violines, de infinidad de tambores. Viajó al centro de las olas, al centro de los huracanes, al centro de la cruz, al lugar en donde se une el corazón del cielo con el corazón de la tierra.

Vio a los planetas danzar en los cielos. Comprendió que los eclipses son un encuentro de ciclos, de tiempos. El tiempo del sol y el de la luna unidos formaban un todo integrado por un sol nocturno y una luna diurna.

Vio lo que era y lo que no era. Igual que cuando se miran en el cielo las estrellas que hace tiempo dejaron de existir.

Comprendió que la visión nada tenía que ver con los ojos. Era sin ellos que en verdad se observaba.

Viajó hasta el fin de los tiempos. Vio cambiar la historia de México y la del mundo entero. Vio a la gente organizada de otra manera. Con una nueva conciencia. También vio cómo su vida se modificaba por completo. Se vio a futuro entrelazando su tiempo con el del comandante Martínez. Vio a Tenoch encendiendo el Fuego Nuevo en la tierra sagrada de sus antepasados. Vio surgir del fuego infinidad de corazones luminosos, volátiles, amorosos. Lupita se vio amando. Amando todo y a todos. Supo que ella formaba parte de cada poema, de cada beso, de cada acto de amor. Sintió el amor. El verdadero amor. El amor que no distingue. El amor que no separa. El amor que no queda contenido dentro de un cuerpo. Y lloró de amor.

Tenoch se le acercó y comenzó a cantarle en el oído al tiempo que le deba pequeños golpes en el pecho.

Debes encontrar el camino
para llegar a tu casa
para llegar a tu animal
para llegar a tu ropa
para llegar a tu vestimenta.
Ven, ven.
Ven, no te quedes en el sueño.
Que te acompañen las cuatro madres-ángeles,
los cuatro padres-ángeles,
que llegues con el corazón sereno,
con el corazón contento.
Ven, no te quedes en el sueño.

Tenoch le pidió a Lupita que abriera los ojos. Habían pasado sólo cinco minutos pero para ella había sido una eternidad. Con trabajo levantó los párpados. Tenoch le dijo: "Mírame". Lupita enfocó su mirada y en vez de ver a Tenoch vio su propio rostro reflejado en el del chamán. Lupita giró y se sorprendió al verse a ella misma no sólo en Tenoch, sino en todos y en cada uno de los integrantes de la comunidad que estaban participando de la ceremonia. Fijó su mirada en los ojos de Tenoch y, al centrarla, vio en su pupila un túnel interminable, un hoyo negro que la hacía viajar nuevamente entre diferentes dimensiones de tiempo y espacio. En los ojos de Tenoch vio los ojos de su hijo. Y entendió que, antes de que encarnara dentro de su vientre, ella y su hijo ya eran lo mismo, y lo seguían siendo. Nunca había habido pérdida ni separación. Nunca había habido cuerpos diferenciados entre madre e hijo. Lupita sintió que su corazón iba a estallar de alegría, de amor. Abrazó a Tenoch y en su abrazo encontró a todos. A su madre, a su padre, a su hijo, a todos los que había amado y a los que estaba por amar.

Lupita supo que nunca había dejado de amar. Que ella vivía desde el inicio de los tiempos y que desde ese momento ella amó en cada partícula que se conectó con otra. Definitivamente ella amó, ella amaba, y ella seguiría amando. En ese instante el alma de Lupita sanó. Lo mejor de todo era que si Lupita, que tanto dolor había acumulado, que tanto enojo había experimentado, había podido sanar y conectarse con el todo, México también podía.

Laura Esquivel
Coyoacán, 2014

COMO AGUA PARA CHOCOLATE

Esta novela completamente encantadora de la vida familiar en México a principios del siglo veinte se hizo un bestseller mundial con su mezcla de amor y humor. La clásica historia de amor se sitúa en el rancho De la Garza, mientras la dueña tiránica Mamá Elena corta cebolla en la mesa de cocina durante sus últimos días de embarazo. Aún dentro del útero de su madre, la futura hija llora tan violentamente que causa un parto prematuro y la pequeña Tita nace entre las especies para preparar sopa de fideos. Este temprano encuentro con la comida pronto se convierte en una forma de vida. Tita se convierte en una chef maestra y, a lo largo de la historia, comparte puntos especiales de sus recetas favoritas con los lectores.

Ficción

TAN VELOZ COMO EL DESEO

Mientras *Como agua para chocolate* se basó en la vida de su madre, en *Tan veloz como el deseo* Esquivel hace un trabajo de ficción acerca de la vida de su padre en México. Nacido con la curiosa habilidad de entender los mensajes ocultos en los sentimientos humanos, Don Júbilo se convierte en un traductor que ayuda a otros a solucionar problemas de comunicación en sus relaciones. Sin embargo, cuando una tragedia destruye su matrimonio, es la habilidad de su hija para escuchar que reunirá a Don Júbilo en su cama de muerte con su esposa. Esquivel nos muestra con cariño, estilo y humor como el mantener secretos nos llevara a ser infelices y como la comunicación es la clave para alcanzar el amor.

Ficción

ESCRIBIENDO LA NUEVA HISTORIA

Laura Esquivel afirma que si somos los protagonistas de nuestra propia historia, entonces también podemos transformarla, darle una nueva dirección para no atarnos al pasado, no encerrarnos en el papel de víctimas ni asumirnos como seres indefensos frente a la circunstancias. Para lograrlo, Esquivel narra su experiencia en dos medios que hicieron que su nombre diera la vuelta al mundo: la escritura y el guion cinematográfico, dos suministros que podemos aprovechar para alcanzar los cambios que anhelamos. Basada en distintos descubrimientos científicos y reflexiones, Esquivel nos guía paso a paso mediante ejercicios que permiten modificar nuestra vida al reescribir el guión de la misma dejando atrás la culpa, los miedos, el dolor y todo aquello que nos causa daño.

Autoayuda

VINTAGE ESPAÑOL
Disponibles en su librería favorita
www.vintageespanol.com